联 合 出 品

世上有个你，
每天都欢喜
钟离欢喜◎著

江苏凤凰文艺出版社
JIANGSU PHOENIX LITERATURE AND ART PUBLISHING

图书在版编目（ＣＩＰ）数据

世上有个你，每天都欢喜 / 钟离欢喜著. -- 南京 :
江苏凤凰文艺出版社，2020.10
ISBN 978-7-5594-4614-5

Ⅰ. ①世… Ⅱ. ①钟… Ⅲ. ①故事－作品集－中国－
当代 Ⅳ. ①I247.81

中国版本图书馆CIP数据核字(2020)第035998号

世上有个你，每天都欢喜

钟离欢喜 著

责任编辑　李龙姣　张　倩
特约编辑　龚　雯　吴　歌
封面设计　杨思慧
版式设计　杨思慧
封面绘制　小玉米子
出版发行　江苏凤凰文艺出版社
　　　　　南京市中央路 165 号，邮编：210009
网　　址　http://www.jswenyi.com
印　　刷　湖南天闻新华印务有限公司
开　　本　787mm × 1092mm 1/24
印　　张　13
字　　数　171 千字
版　　次　2020 年 10 月第 1 版，2020 年 10 月第 1 次印刷
书　　号　ISBN 978-7-5594-4614-5
定　　价　39.80 元

我们什么也不缺，只缺彼此。

夫君竟会画眉？
没吃过猪肉但
见过猪跑。
谁是猪……

公子，你手真好看，摸着也不错。
……姑娘不是说看手相？
公子，手相显示，你命里缺我。

娘子，这被子太短了。
这辈子虽短，若有来世，奴家还愿与夫君做恩爱夫妻。

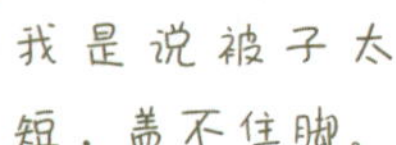
我是说被子太短，盖不住脚。

夫君你竟为映雪洗澡？
寻常女子的醋也就罢了，映雪它只是一只猫。
猫也是母的！

目录

卷一：

婚前·撩夫篇

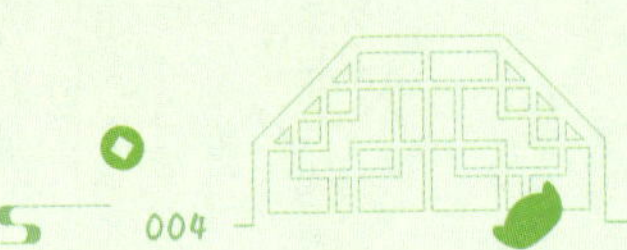

【楔子】教你如何撩到一个貌美如花的大君!

“小兄弟，有个姑娘让我告诉你，她心悦你。”

“哦，哪位姑娘？”

“我。”

“咳咳……”

“小兄弟，我犹豫了好几天，最后决定扔个铜板，若是正面朝上，我便向你表白心迹。”

“若是背面朝上呢？”

“那我便将它翻过来呗。”

“……”

“姑娘日日来医馆找在下，可有什么事吗？”

“自然有事。”

“何事？”

“终身大事。”

“咳咳……”

“小兄弟，你的荷包真好看，是你阿娘做的吗？”

“姑娘若是喜欢，在下便赠予姑娘

好了。”

“当真？”

“自然。”

“那，我觉得你也很好看。”

“咳咳……”

“小兄弟，你会模仿啄木鸟吗？”

“如何模仿？”

“便拿我的脸当树好了。”

“咳咳……”

“小兄弟，你看我眼睛里面是不是有东西？”

“没有。”

“里面明明有我心悦之人。”

“咳咳……”

“这个香囊，送给你。”

“这香囊精巧别致，淡香沁人心脾……”

“谬赞谬赞。”

“瞧着不像是姑娘你做的。”

“……咳咳，是我买的。”

“果真。”

“香囊是我买的没错，但我对你的情意是真的。”

“咳咳……”

“小兄弟，你可觉得我单纯不做作？”

“嗯。”

“可是与外面那些妖艳贱货很不一样？”

“嗯。”

“那你怎的不喜欢我？”

“大约是在下比较喜欢妖艳贱货。”

“……你且等我些时日。”

“作甚？”

“我去学学如何做个妖艳贱货。”

“……”

“话本里的才子都喜欢特立独行的佳人，为何你不喜欢我？”

“那些话本都是骗人的。”

“……”

“小兄弟，我心悦你。”

“……姑娘不都是很含蓄矜持的吗？”

“其实我在喜欢你之前，也很含蓄矜持的。”

“……”

“小兄弟，你喜欢猫还是狗呀？”

“猫。”

“喵。”

“……”

“小兄弟，我听闻你喜欢猫，我送你一只。所谓来而不往非礼也，我送了你喜欢的东西，你也要送我一样我喜欢的东西才是。”

“那姑娘喜欢什么？”

“我喜欢你。”

“……”

“小兄弟，可要我帮你看看手相？”

“姑娘竟懂这些？”

“略识得些皮毛罢了。”

“如此，是在下失敬了。”

“你将手伸过来。”

少年半信半疑将手伸过去。

“小兄弟，你的手真好看，摸着也不错。”

“……姑娘不是说要看手相吗？”

“你命中什么也不缺，只缺一样！”

“缺哪样？”

“我。”

“咳咳……”

“小兄弟，你看我的手，有什么特别的吗？”

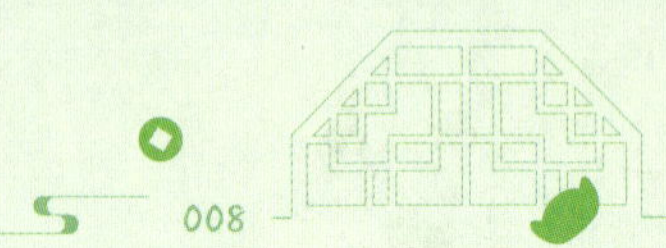

“纤纤擢素手，除此之外，倒没什么特别的。”

“你没牵过，自然没有什么特别的。”

“……”

“你觉得我如何？”

“挺好。”

“那做你娘子如何？”

“咳咳……”

“……看来此招不行，且容我回去再想想办法。”

“我觉得，也挺好。”

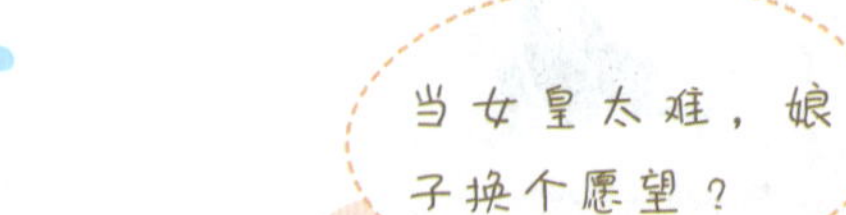
当女皇太难，娘子换个愿望？

奴家想长点胸。
……还是谈让你当上女皇吧！

什么凶禽猛兽？

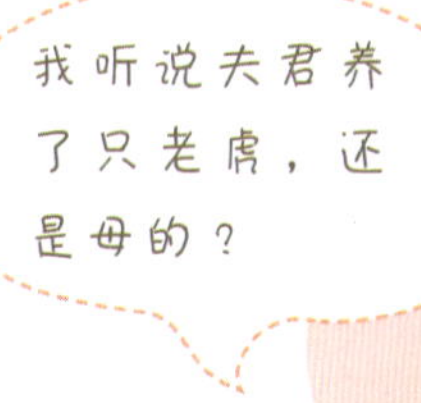
我听说夫君养了只老虎，还是母的？

这是指娘子你。

夫君描的丹青里，
奴家在哪？

……所以只
有风景？

为夫怕娘子
煞了这大好
风景。

娘子喜欢什么花？
奴家喜欢有钱花，随便花。
想得美！

卷二：

婚后·怼妻篇

【第一章】面子算什么，找个好对象才最重要。

“夫君，你当初究竟是多么英勇无敌才能在千百谦谦君子铮铮汉子之中一举抢得奴家抛出的绣球？”

“……其实彼时为夫只是恰巧路过，实在是娘子手法精准不偏不倚将绣球硬生生砸在了为夫手里。”

“……”

“夫君，奴家未出阁时也是有好些青年才俊上门求过亲的。”

“为夫一直以为这世上只有为夫一人瞎了眼。”

“……夫君常说奴家无才无貌，其实只是夫君一人如此认为罢了，奴家若无长处优点，那些谦谦儿郎铮铮汉子又是看上奴家什么了？”

“性别。”

“……”

“夫君当时一个翩翩少年郎，身旁明明有一片葱葱郁郁的树林，却为何偏偏要在奴家这一棵树上吊死呢？”

“为夫倒想在其他几棵树上试试的，奈何这第一次便吊死在娘子这棵歪脖子树上了。”

“……”

“夫君初识奴家之时，每每见到奴家，心里可如小鹿乱撞一般？”

“嗯。”

“如今呢？”

“撞死了。”

“……”

“夫君知道牛郎织女的故事吧，相传牛郎在老牛的指点下，偷偷取走了正在湖中洗澡的织女的衣裳，后来两人便结成了夫妻。”

“是以娘子当初便要流氓，趁为夫在后山温泉池里泡澡时偷偷将为夫的衣裳拿走吗？”

“……咳咳，这办法委实是流氓了些，但所谓兵行险招，说不定能出奇制胜，如今证明确实可行。”

“……”

“娘子初时心悦为夫是觉得为夫满腹经纶博古通今惊才绝艳，又气质如莲温文尔雅风度翩翩吗？”

“其实没有那般复杂，奴家就是觉得夫君生得好看，垂涎夫君美色。”

“……娘子你倒是实在。”

“娘子，自初次相识起，你便对为夫穷追不舍，可是对为夫一见钟情？”

“没有，奴家是见色起意。”

“……”

“娘子当初为何对为夫穷追不舍？”

“奴家在遇到夫君之前便想过，为了后代，必要寻个好看的男子成亲才好，夫君才貌双全，奴家怎能轻易放过？”

“那娘子可有想过，为夫为了后代，怎敢与娘子结成连理？”

“……”

“夫君还记得与奴家初次相遇的情境吗？”

“记得，彼时，为夫狗拿耗子多管闲事帮娘子抢回了被偷的荷包。”

“是了，后来奴家为了报恩，才以身相许嫁与夫君。”

“以身相许这个词，生得好看的人用，那叫报恩，娘子这样的，叫恩将仇报。”

“……”

男娃：“阿爹，你与阿娘是如何相识相遇的？”

某夫：“彼时，我尚是医馆一名学徒，某日回家途中，遇见墙脚有一个姑娘正哭得梨花带雨、我见犹怜，这个人便是你们阿娘，我走过去问她何事如此伤心，她缓缓抬眸，抽泣着问我可愿意借肩膀一用。”

女娃："阿娘年纪轻轻竟如此会引诱尚是良家少年的阿爹了吗？"

某妻："……胡说，阿娘哪里引诱你们阿爹了？"

男娃："如此开门见山单刀直入还不算勾引吗？"

某妻："彼时我看着他那一张俊俏的脸霎时便通红了，一个翩翩少年郎竟像个害羞的小姑娘一般，实在有趣。"

女娃："后来便是眉目传情两情相悦，继而花前月下花成蜜就？"

某夫："我最看不得女子伤心流泪，便勉为其难应许了。"

女娃："于是阿爹便乘人之危趁火打劫？"

某夫："……不是，然后你们阿娘止了眼泪便踩着我的肩膀翻墙进去偷桃子吃了。"

女娃："……"

男娃："……"

【第二章】外面的女子好看还是我好看？

"夫君，奴家昨夜隐约听闻你向一位姑娘表白心迹了。"

"咳咳，是。"

"那姑娘生得如何模样？可是个清雅无双天仙一般的美人儿？"

"娘子真想知道？"

"嗯嗯。"

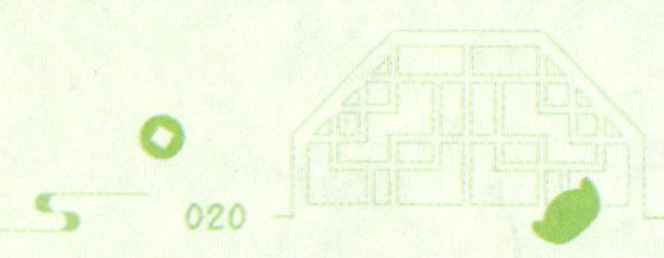

某夫递给了某妻一个铜镜。

“哎呀呀，竟比奴家想象中还要美上三分呢！”

“夫君，奴家听闻林员外将他的结发妻子给休了。”

“然后呢？”

“说是因嫌弃他妻子如今人老色衰，不如初时好看了。”

“然后呢？”

“倘若有一日奴家也不好看了，夫君会不会也这般待奴家？”

“娘子多虑了，你其实从未好看过，为夫不也从未嫌弃过吗？”

“……帮我收拾一下行囊，等下我要回娘家。”

“夫君夫君，你知道吗，竟有人说我们在一起是鲜花插在牛粪上！”

“都是些闲言碎语，娘子何必置于心上？”

“夫君倒是能泰然处之，似夫君这般清雅脱俗的人物，可谓若比莲花花亦羞，如今竟被比作牛粪，如何不令人扼腕叹息……”

“娘子，他们所说的鲜花，应该是指为夫。”

“咳咳，夫君，你爱奴家吗？”

“自然。”

“夫君果然只是爱奴家的美貌。”

“美貌？为夫说自己眼拙是谦虚，娘子却当为夫是真瞎吗？”

“……”

“奴家晓得夫君是个赏罚分明的人。新来的小丫鬟竟说府里任何丫鬟的姿色都远胜奴家，夫君认为此事当如何？”

“府里竟有如此诚实的丫鬟？委实该赏。”

“……”

“夫君觉得是花楼里的女子好看还是奴家好看？”

“自然是花楼里的女子好看。”

“呵呵，夫君你果然去过花楼。”

“呵呵，娘子你也不想想，若花楼女子都如娘子这般姿色平平，花楼如何维系得下去？”

“夫君这损人的境界真是越发出神入化了。”

“娘子无理取闹的境界才是令人叹为观止。”

“……”

“倘若有一日奴家毁容了，夫君还会一如既往深爱奴家吗？”

“会。”

“夫君果然爱的是奴家的人，而不是容貌。”

“其实娘子的容貌毁与不毁都无甚区别。”

“……夫君说人家好看会死吗？”

“那可未必，即便为夫能昧着良心，但人在做，天在看，万一老天爷听不下去，一道惊雷便劈下来呢？”

“……”

“夫君是否觉得奴家与许多话本小说里的女主人公有诸多相似之处？”

“也有相反的。”

“哪里相反了？”

“她们都有许多青年才俊爱慕，都是万里挑一的美人。”

“……”

“夫君，奴家的吃相不好看吗？”

“好看。”

“睡相呢？”

“好看。”

“那夫君你怎的整日说奴家不好看？”

“为夫只是说娘子的面相不好看。”

“……”

“夫君，方才路过的那对夫妻，女子年轻貌美，男子五短身材还其貌不扬，

听闻这般境况大多皆是女子贪图男子的家世钱财。"

"为夫与娘子便不一样了，不知情的人瞧见咱们在一块，都以为是为夫贪图娘子的家世钱财。"

"……"

"夫君，你可觉得奴家容颜如花？"

"当然。"

"夫君，你终于觉悟了。"

"毕竟，花也有难看的。"

"……"

"夫君，奴家不知为何，忽然觉得胃里似翻江倒海一般，恶心难受。"

"可是吃了什么不干净的食物了？"

"应该不会，朝食昼食皆是与夫君一同吃的。"

"那娘子方才是不是去照镜子了？"

"……"

"夫君，奴家想把鸢儿辞退了。"

"好端端的，为何要辞退她？"

"奴家觉得她比奴家生得好看。"

"如此，那岂不是要把家里的丫鬟都辞退了？"

"……"

“夫君，你每日都看着奴家的脸，会不会腻？”

“不会。娘子的脸，肥而不腻。”

“……”

“夫君，你觉得奴家美貌吗？”

“嗯……如何说呢？”

“夫君若是觉得奴家美貌，便说美貌；觉得不美貌，也可以说温婉；觉得不温婉，至少也可以说俏皮……”

“娘子，你很善良。”

“……”

“夫君，奴家如今是不是不好看了？”

“娘子莫想太多，娘子的模样在为夫心中从未变过。”

“咳咳，果真？”

“嗯，一直都这么难看。”

“……今晚你去和阿猫睡吧。”

“夫君，你总说奴家如何如何貌若无盐，可方才肉饼铺的曹婆婆说奴家生得极好看来着。”

“曹婆婆？为夫记得她双目已多年不能视物了。”

“……喔，是吗？”

“夫君，你觉得奴家好看吗？”

“娘子要听真话还是假话？”

“嗯，夫君且先说假话吧。”

“不好看。”

“咳咳，那夫君说真话吧。”

“真不好看。”

“……”

“夫君是喜欢如今的我，还是初相识那时的我。”

“如今的。”

“那夫君那时为何还来向奴家求亲呢？”

“饥不择食。”

“……”

“夫君，奴家发现，很多人幼时好看，长大了却变得难看了，反之亦然。”

“由此可见，娘子幼时应当很好看了。”

“……”

“夫君，奴家听闻夫妻两个在一起生活时间久了，吃一样，住一起，久而久之，长得越发相像，便是夫妻相。”

“难怪为夫近来觉得自己越发难看了。”

“……”

“这荷塘里的鱼有什么好看的，夫

君看了几年了，也看不腻吗？”

“有些东西跟娘子一样，虽然不怎么好看，但已成习惯。”

“……”

“夫君，说实话你觉得奴家如何？”

“虽然不是美貌与智慧并重，但娘子也占了其中一个。”

“美貌还是智慧？”

“是病重。”

“……”

“夫君，奴家想买几套衣裳，奴家的衣服都旧了。”

“娘子生得好看穿什么都好看，便是旧衣裳也难掩娘子出尘绝艳之姿容。”

“可奴家觉得自己不好看。”

“那就不必买了，人丑穿什么都不看好。”

“……”

“夫君，这套衣裳好看吗？”

“难看。”

“嗯？”

“但经此娘子一穿便显得极特别。”

“果真？”

“嗯，特别难看。”

“……”

“如今好看的人太多了，并且都生得一个模样，若生得好看，只看一眼是记不住的，但是娘子便不一样了。”

“夫君是说，奴家的美貌与众不同，一瞥便如惊鸿？”

“非也，娘子生得丑，只消看一眼，便丑到心坎里去了。”

“……”

“夫君，为何再难看的衣裳穿到奴家身上就觉得也还好呢？”

“大约是因为娘子更难看，将衣裳都给衬好看了吧。”

“……”

“娘子可常听人说：好看的皮囊千篇一律，有趣的灵魂万里挑一？”

“奴家近来倒是常有耳闻。”

“娘子不觉得，这好看的皮囊与有趣的灵魂，说的不正是你我夫妻二人吗？”

“夫君的意思是：好看的皮囊是奴家，有趣的灵魂是夫君吗？”

“不是，好看的皮囊是为夫，有趣的灵魂也是为夫。”

“那奴家有什么？”

“娘子有为夫呀！”

“……”

“夫君初时倾心奴家，是看上奴家

的内在还是外表啊？”

“自然是内在。”

“夫君的意思，是觉得奴家温婉贤淑、端庄大方、宜家宜室吗？”

“也不是，但若为夫说看上娘子的外表，岂不是承认自己瞎了眼了？”

“……”

“夫君，你扪心自问，奴家好不好看？”

“为夫的心都给娘子了，如何扪心自问？”

“是了，夫君的心在奴家身上，奴家觉得自己好看，便是夫君也觉得奴家好看了。”

“……”

“夫君，奴家是不是真的不太好看？”

“是。”

“果然男人皆是满口谎话。”

“……”

【第三章】这就让你见识嫁给一个毒舌夫君的婚后生活!

“此处山清水秀风光好，夫君可愿为奴家描一幅丹青否？”

“好。”

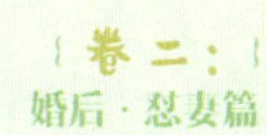

……

“奴家身子都酸了，夫君描好了吗？”

“好了，娘子觉得如何？”

“嗯，不错，夫君的笔法是越发精妙了，流水潺潺将溢于楮墨之表，花香阵阵欲飘出宣纸之上……但是，奴家在哪呢？”

“为夫原本是想将娘子画进去的，但是怕娘子煞了这大好的风景。”

“……”

“夫君，你是不是背着奴家养了什么凶禽猛兽？”

“什么凶禽猛兽？”

“夫君莫作这无知无辜之状，奴家无意间听闻邻里说你养了只老虎，母的。”

“咳咳，他们说的母老虎，大概是指娘子你。”

“……”

“夫君夫君，算命先生说奴家恐寿命难长……”

“莫听那些占卜之言，都是怪力乱神。”

“可是奴家怕……”

“娘子莫怕。俗话说：‘好人不长命，祸害遗千年。’娘子属于遗千年那一类人。”

“……”

“娘子，你喜欢什么花？”

“奴家喜欢两种花：有钱花，随便花。”

“娘子你真美。”

“奴家哪里美？”

“想得美。”

“……”

“夫君，你的荷包为何一直放着奴家的小像？”

“因为娘子并不是时时刻刻在为夫身边，荷包里放着娘子的小像，便如同娘子常伴身旁，为夫才会觉得比较安心。”

“夫君……奴家不知，自己竟对夫君如此重要。”

“为夫想着，说不定娘子的脸可以辟邪。”

“……”

“夫君，你是断袖吗？”

“娘子这般问，是在怀疑自己的性别吗？”

“……”

“不晓得是几世才修来的缘分，让

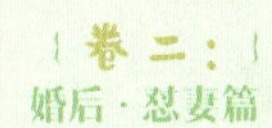

奴家与夫君今生有幸结为夫妻。”

“大抵是上辈子为夫刨了娘子家的祖坟了吧！”

“……”

“夫君，你会不会纳妾？”

“不会。”

“夫君对奴家如此专情，奴家甚为感动。”

“娶了娘子一个，为夫已后悔不已，断然不敢再娶第二个。”

“……”

“夫君当初为何要娶奴家？”

“为了除暴安良。”

“……”

“夫君觉得奴家温柔吗？”

“温柔。”

“贤惠吗？”

“贤惠。”

“体贴吗？”

“体贴。”

“夫君今日的回答一反常态，是不是怕说实话会伤害奴家？”

“不是，为夫是怕说实话娘子会伤害为夫。”

“……帮奴家找下鸡毛掸子。”

“夫君，是不是稚子都无忧无虑，时常都是舒眉展眼的？”

“是啊，稚子不似大人，好比为夫，娶妻生子、养家糊口，是以无法担风袖月。”

“确是这个道理。好比儿子每日都那么开心一般。”

“日后他若是娶了似娘子你这般的媳妇，看他还能不能笑得出来。”

“……”

“夫君，你怕鬼吗？”

“不怕。”

“传说鬼青面獠牙凶神恶煞，极为可怖。”

“为夫连娘子都不怕，何况是鬼？”

“为何奴家每次沐浴之后都觉得自己变好看了呢？”

“大抵是娘子沐浴时脑子进水了吧。”

“……”

“过几日便是娘子的生辰了，娘子想要什么礼物？”

“夫君看奴家缺什么，便送什么呗！”

“送个心眼吗？”

“冥冥之中自有定数，奴家嫁与夫君，大抵是为了报前世的恩吧！”

“可为夫为何觉得娘子是来报仇的？”

“……”

“夫君，百年修得共枕眠，意思是不是咱们前世百年才修来今生有缘结为夫妻？”

“对。娘子百年积德修来这样的为夫，为夫百年造孽修来这样的娘子。”

“……”

“昨日奴家去庙里为夫君卜了一卦，卦象说夫君寿命难长，奴家以为，怕是夫君前世造孽太多的缘故。”

“难道不是今生受气太多的缘故？”

“……”

“夫君夫君，你看见没有，方才楼下走过那位姑娘，仿佛兮若轻云之蔽月，飘飘兮若流风之回雪。远而望之，皎若太阳升朝霞。肩若削成，腰如约素，最是那回眸一笑，万般风情绕眉梢。”

“看见了。”

“夫君觉得她怎么样？”

“不怎么样，如此姿容，比不过娘子之万一。”

“咳咳，夫君从何时开始，有了这

等觉悟？”

“自从喜欢上了娘子，为夫的审美已然扭曲至令人发指之地步。”

“……”

“夫君，为何奴家发现云袜总是不见了其中一只？”

“因为如果一双都不见了，娘子便根本不会发觉。”

“……”

“夫君，今日晌午奴家入市买菜，瞧见几个汉子发生了些口角，一个个都怒气冲冲气势汹汹杀气腾腾要打架。你说打便打吧，动手前竟都将上衣脱了，却是为何？”

“大约是因为如果脱裤子的话，气氛会比较怪异吧！”

“……”

“夫君，奴家听闻，通过掌纹，便能看出妻子的性情。”

“是了，倘若妻子的掌纹经常出现在丈夫的脸上，便说明她的性格比较暴躁了。”

“……”

“夫君，你说，咱们会白头偕老吗？”

“也许会，然而亦未必。”

“所以夫君还是有可能会抛弃奴家吗？”

“不是，只愿娘子不要将为夫早早气死。”

“……”

“娘子怎的哭得这般梨花带雨的？”

“夫君，奴家心里委屈。”

“娘子有什么委屈便与为夫说。”

“有个妇人背地里说奴家看着全然不似个女子，哪有人这样伤人的？”

“娘子莫听她胡说，所谓男儿有泪不轻弹。”

“……”

“夫君实在不必在奴家这一棵树上吊死，你不看看周围，哪里知道这片森林里还有比奴家更好的树？”

“道理为夫都明白，但是在哪棵树上吊死不都是吊死？”

“……”

“夫君身旁诸多大家闺秀窈窕淑女，无论才华样貌皆胜奴家，而夫君最后却娶了奴家，是因为奴家比她们更有魅力吗？”

“不是，为夫听说，好看的女子不适合做妻子。”

“……”

“奴家想做一个明媚的女子，不倾城，不倾国，只倾其所有，过自己想过的生活。”

“娘子是不倾城，不倾国，只倾家荡产。”

“……”

“夫君，为何都说爱笑的女子运气都不会太差？”

“因为运气差的大约笑不出来。”

“……”

“夫君看奴家，像不像一个尚待字闺中的大家闺秀？”

“娘子看你煲的这锅汤，像不像一桶刚从井里打出来的水？”

“……”

“娘子，只要钱财，不索性命的，是什么人？”

“强盗。”

“那么不仅索人性命，还要人钱财的，又是什么人？”

“毫无人性的强盗？”

“是成了亲的女子。”

“……”

“夫君，奴家昨夜迟迟难以入眠，

辗转反侧直至鸡鸣，你看奴家眼下的乌青多重。”

“为夫看不出来。”

“夫君的眼神越发不好了。”

“咳咳，是娘子的脸越发黝黑了。”

“……”

“夫君，你既然喜欢奴家，便说一说奴家的优点如何？”

“喜欢一个人哪里需要什么理由。”

“那奴家有什么缺点？”

“刁蛮、任性、凶悍、泼辣……”

“……”

“夫君，近来奴家食欲甚好，不知不觉多了一层下巴，奴家实在不想让人看到，然近期又瘦不下来，这可如何是好？”

“要不，娘子蓄胡子掩盖一下？”

“……”

“冬至将至，夫君可有什么要换的？”

“没有。”

“鞋袜或衣裳？”

“……没有。”

“夫君好好想想？”

“倘若非要换什么的话，那便换个娘子吧！”

"……"

"娘子，把刀放下可好……"

"昨日为夫穿了娘子为为夫做的衣裳，亲朋好友都说前襟绣的那两只小鸡很是生动，只可惜没有脚，为夫也这般觉得。"

"……奴家绣的，分明是两只戏水的鸳鸯。"

"……想是我们肉眼凡胎，不识庐山，竟都看不出来。"

"……"

"夫君，奴家听闻，额前的头发是有讲究的，说留得适合自己，便能平添几分颜色。"

"自然，无刘海看鼻子，有刘海看脸型。"

"那奴家适合哪种？"

"娘子适合……蒙面。"

"……"

"夫君，今日竟有人说奴家涂抹的妆容似鬼一般，实在让人恼怒。"

"那是那些人不曾看到娘子不施粉黛素面朝天的模样，那才是真的叫似鬼一般。"

"……你我夫妻情分已尽。"

"……"

“假若夫君荷包里有十两银子，奴家拿走了二两，还剩多少？”

“没有了。”

“夫君你根本不懂算术。”

“是娘子你根本不懂你自己。”

“……”

“看娘子满面愁云的，可是有什么烦心事？”

“嗯，方才在街上有个半仙说奴家在一百零八岁会有个大坎……”

“坟让人刨了？”

“……”

“夫君，奴家是不是常常给人一种大智若愚的感觉？”

“大智是丝毫不见得，愚倒是实实在在的。”

“……”

“夫君，你知道衙门口那两只石狮子，哪只是公哪只是母吗？”

“张口的那只是母的，闭口的那只是公的。”

“为何？”

“母的话多。”

“……”

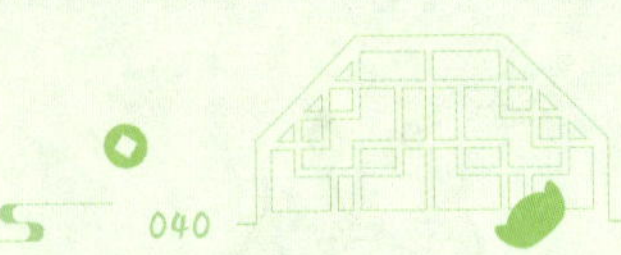

“难得看到娘子做女红。”

“咳咳，夫君觉得奴家绣得怎么样？”

“这只鸡不错，栩栩如生。”

“……奴家绣的，是凤凰。”

“娘子是不是去过蜀地？”

“奴家不曾去过。”

“为夫只是想知道娘子变脸的技术这般信手拈来炉火纯青，究竟是从哪儿学来的？”

“……”

“夫君，为何成亲都要选好日子呀？”

“大约是因为成亲之后便再没好日子过了吧！”

“……”

“夫君，你说倘若奴家在三国里面能做什么？”

“借箭。”

“夫君是说奴家像孔明先生一样聪明吗？”

“不是，娘子像绑在草船上的稻草人。”

“……”

“夫君给奴家买一两银子的面脂，简直是对奴家的侮辱，且道歉不诚恳，奴家不接受。”

“那为夫应该如何做才能令娘子接受呢？”

“至少买二两银子的。”

“为夫如何敢一下侮辱娘子两次呢？”

“……”

“夫君，你会休了奴家吗？”

“不会。”

“天下好女子多的是，夫君何必单恋奴家一枝花？”

“娘子你想多了，为夫只是，懒得写休书。”

“……”

“娘子今日的指甲有些特别。”

“如何特别了？”

“红里透着黑，黑里夹着紫，紫里带着蓝，不拘绳墨，恣意洒脱。”

“……是吗？”

“娘子何时学得这般出神入化的染甲技法？”

“奴家早间关门夹到了。”

“……”

“夫君，奴家一直觉得自己旺夫，

方才问了阿猫，阿猫表示十分赞同，一个劲地说‘旺旺旺’。”

“……娘子，阿猫它不过一条狗，莫非还能吐出个‘不旺’来？”

“夫君夫君，你听说了吗，邻家有个小伙子前几日才娶了媳妇，今日便毅然决然跑去剃度出家了，不晓得因何事如此想不开？”

“听闻那新娘子略凶悍泼辣，动辄打骂，那小伙子大抵是觉得生活没什么指望，不如出家常伴青灯古佛算了。”

“……那夫君你为何不出家？”

“娘子是知道为夫的，为夫向来比较坚强。”

“……”

“娘子这气鼓鼓的委屈模样，可是受谁的气了？”

“奴家方才买的肉包子根本没有肉，奴家要去找包子铺老板退钱才行！”

“几个包子罢了，娘子何必如此计较？”

“事情无关大小，这是原则问题。”

“当初娘子你爹我岳父说娘子你温婉贤淑宜家宜室，不想娶回家后却发现缺根筋不辨菽麦，诸如此类桩桩件件罄竹难书，为夫可有让岳父退聘礼吗？”

“……”

“夫君，奴家是从不乱惹桃花的。”

“为夫晓得。”

“那为何你我拜堂时有男子来抢亲？”

“他……”

“莫非他其实倾心奴家已久，觉得自己虽说算是只好看的癞蛤蟆，也不敢奢望吃到奴家这只超凡脱俗的天鹅，遂不敢表白心迹，只能暗暗痴恋，今日见奴家将为他人妇，再无法压制心中炽热浓烈的情意，便义无反顾，前来抢亲，欲带奴家远走高飞？”

“……娘子，你的想象力，很丰富。”

“夫君谬赞了。”

“其实那男子是个断袖，要抢的是为夫。”

“……”

“夫君，方才奴家娘家来人说阿娘与阿爹闹别扭了，奴家得去劝劝，今夜便不回来了。”

“为夫陪娘子去吧。”

“此事奴家一个人即可，夫君在家好生照看两个孩儿。”

“天色这么晚了，为夫怕娘子在路上遇上歹人。”

“夫君不是说奴家长得这般模样很安全，坏人都不敢碰奴家吗？”

“但现下天色这么晚了，为夫怕歹人看不清。”

“……”

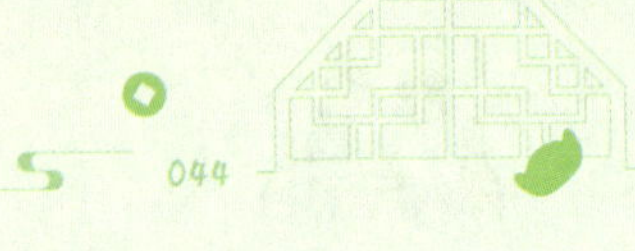

【第四章】捉到一个自恋的大可爱。

“夫君，奴家当真一无是处，没有半分优点吗？”

“娘子你唯一的优点便是有眼光。”

“嗯，如何个有眼光？”

“寻了这般优秀的为夫。”

“……”

“夫君，奴家觉得你真的很好，很好。”

“娘子你说得是。”

“……咳咳，夫君，做人要谦逊。”

“为夫只知道做人要诚实。”

“……”

“为夫觉得娘子的品位实在……与众不同……”

“夫君的意思是奴家品位不好咯？”

“咳咳，大约是这么个意思。”

“夫君的品位也未必好到哪里去吧！”

“为夫自觉品位尚可。”

“夫君品位尚可，当初会看上奴家？”

“实在是当时年少轻狂，有眼无珠，哪有什么品位眼光可言？”

“……冲夫君这番话，今晚睡书房

吧！”

“……”

“夫君，奴家果真是貌若无盐？”

“娘子不必过于在意自己的样貌，为夫既娶了娘子，便说明为夫绝不是那种看重皮囊的肤浅之人。”

“……你的意思是奴家确实不好看咯？”

“你我夫妻，你的就是我的，我的便也是你的，我生得好看，便算你生得好看。”

“……夫君，自恋要有个度。”

“咳咳，为夫不过是正视自己的美貌罢了。”

“……”

“奴家有时真羡慕夫君。”

“为何羡慕？”

“而立之年尚未至，已是能坐堂诊病远近闻名悬壶济世的神医。”

“为夫才是羡慕娘子。”

“奴家有何能值得夫君羡慕的？”

“娘子及笄之年便嫁与为夫这般玉质金相年轻有为的夫婿，可不是羡煞旁人？”

“……夫君，你做人不谦逊。”

“为夫夸娘子，如何不谦逊了？”

“夫君句里话外，分明是在自夸。”

“为夫在夸娘子眼光好，娘子听不

出来？”

“……”

“夫君，奴家究竟哪里好？”

“娘子就两点不好，其他都好。”

“哪两点？”

“这也不好，那也不好。”

“……”

“但娘子也有两点非常好，是任何女子都比不了的。”

“哪两点？”

“娘子嫁了个好夫婿，眼光好，运气也好。”

“……”

“夫君，奴家有一闺中密友，已过花信年华，还未寻到情投意合的男子，媒人介绍的有一人对她倒是真心实意的好，可她又嫌那人生得不堪入目，是以至今还未出阁。”

“长相这般重要？寻个生得好看的能当饭吃吗？”

“……嗯，好看的自然不能当饭吃，但对着难看的却是吃不下饭。”

“所以，娘子每顿吃得这么多是因为为夫生得好看吗？”

“……”

“夫君，奴家似乎很少看到有人画自画像，这是为何？”

“倒也是有的，只是一般生得好看的人极少画自画像，大抵因为画得再相似，都觉得美中不足，不如自己好看。”

“原来如此……”

“是以，为夫从来不画自画像。”

“……”

“外面天寒地冻的，娘子无事便不要出门了。”

“奴家晓得，外边风大，奴家身量苗条体态轻盈又生得沉鱼落雁闭月羞花，若吹入别人怀里，别人定不会将奴家还给夫君的。”

“……”

【第五章】说你又重又胖又像猪的人，当然是喜欢你啊！

“娘子怎么入了趟早市归来，便满面的愠怒之气呢？可是谁惹得娘子不开心吗？”

“奴家方才在外头听到有人说奴家与夫君是什么‘好好的白菜让猪给拱了’，心里有些窝火。”

“市井的闲言碎语，何须挂怀，气坏了身子不值得。”

“奴家实在为夫君不值。”

“为夫不在乎被人比作白菜。”

“……夫君是白菜？那奴家是什么？”

“娘子自然是那头拱白菜的猪。”

“……奴家此刻似乎更加生气了。”

“娘子莫气，你即便是猪，也是一头眉清目秀的猪。”

“……”

“夫君，奴家左边的眉怎么也画不好。”

“为夫来帮娘子画。”

“夫君竟会画眉？”

“没吃过猪肉还没见过猪跑吗？”

“倒也是……等等，你说谁是猪？”

“咳咳……”

“奴家本是神仙，只因无意中触犯了天条，才被贬下凡……”

“莫非，娘子便是传说中的……”

“不错。”

“天蓬元帅？”

“……”

“夫君，咱们养猪吧，奴家听闻养猪可以致富。”

“可为夫养猪却养得几乎倾家荡产。”

“夫君竟养过猪？”

“娘子不就是？”

“……”

“又吃牛肉，夫君，咱们多久没吃猪肉了？”

“现下多病猪，且过了这风头再吃吧。”

“这么久不吃猪肉了，夫君不馋吗？”

“咳咳，为夫每夜与猪同寝，有什么可馋的？”

“……”

“娘子，为夫时常在想，娘子与猪究竟是什么关系？”

“夫妻关系。”

“……”

“夫君，奴家想休息了，但是又不想动，夫君可否把奴家抱到床上去？”

“这个……为夫还是把床搬过来吧。”

“……”

“娘子醒了？”

“夫君今日起得有些迟呀！”

“为夫昨夜做了一个梦。”

“什么样的梦？”

“为夫梦到狂风骤雨将窗边那棵几十年的榆树吹倒了，主干压倒窗户砸到榻上的为夫。”

“后来呢？”

“后来为夫醒来，发觉是娘子的一

条腿横在为夫腰上。”

“……”

“为夫要去做朝食了。”

“嗯。”

“娘子还不肯将玉腿放下来？”

“咳咳……”

“一花一世界，一木一浮生。”

“一吃一大碗，一睡一整日。”

“……”

“每次背着娘子，为夫都会觉得自己背着的，是责任。”

“咳咳，奴家晓得。”

“责任，重于泰山。”

“……”

“夫君，奴家的眼睛是不是有点小？”

“不小。”

“可奴家看着觉得小。”

“分明是娘子的脸大衬出来的。”

“……”

“夫君，你说奴家这么能吃，算不算是个吃货？”

“不算。”

“夫君不用说这些好听的话来安慰

奴家，奴家知道自己就是。”

“生得好看的才叫吃货，娘子这样的，叫饭桶。”

“……”

“夫君，奴家是不是胖了？”

“娘子你，很有自知之明。”

“其实奴家就是胖着玩玩罢了。”

“那娘子是不是太贪玩了些？”

“……”

“夫君，你觉得奴家身量如何？”

“挺好的。”

“夫君骗人，邢二婶说奴家没有腰。”

“为夫瞧她眼神挺好的，怎的娘子这般粗壮的腰她竟看不见？”

“……”

“有的女子像莲花，出水芙蓉；有的女子似牡丹，高贵典雅；有的女子若梅花，高冷孤傲。”

“那奴家像什么？”

“多肉。”

“……”

“奴家近来似乎胖了，长此以往，夫君会不会抛弃奴家？”

“自然不会。”

“此番不闻夫君毒舌，倒让奴家有些不习惯了……”

“毕竟为夫抛不动。”

“……”

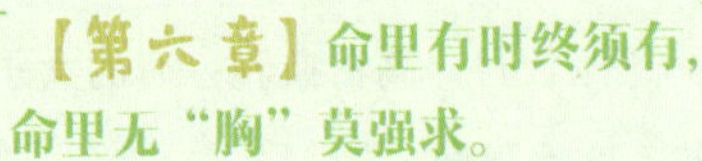

【第六章】命里有时终须有，命里无“胸”莫强求。

夜里，熄灯，帐内。

“诶，娘子，你怎的趴着睡？”

“胡说，奴家明明平躺得很端正。”

“咳咳，为夫忘了娘子平胸了。”

“……夫君这是嫌弃奴家了吗？”

“没有，为夫只当自己是个断袖。”

“……”

“你毒舌！”

“你蠢。”

“你腹黑！”

“你蠢。”

“你自恋！”

“你蠢。”

“……夫君能不能说点别的？”

“你胸小。”

“……夫君还是说蠢吧。”

“你蠢。”

“……”

“娘子有什么愿望是为夫可以帮忙实现的？”

“奴家想当一代女皇！”

“……这个太难了，换一个。”

“那便长点胸吧。”

“这个……娘子，咱们还是谈谈如何才能让你当上女皇吧！”

“……”

“娘子尚待字闺中之时，对未来夫婿可有什么要求？”

“嗯……倒也没有什么特别的要求，只一条：万万不能胖。”

“娘子这是，歧视胖子吗？”

“倒也不是。”

“那是为何？”

“夫君你想想，奴家作为一个女子，倘若在洞房之夜看到自己的胸脯竟比自己丈夫的还一马平川，情何以堪？”

“道理确是这个道理，但娘子与清瘦的为夫初次坦诚相见之时看到为夫的胸脯，依然一副羞愧难当的神色，可见你我夫妻相比也是不分伯仲难辨输赢的。”

“……”

“夫君，奴家觉得自己有男子汉大丈夫一般的胸怀。”

“娘子竟把平胸说得如此清新脱俗，也是个人才。”

“……奴家所说的胸怀，是指气度。”

“夫君，奴家是不是胖了一圈？”

“没有。”

“夫君的意思是说奴家身量依旧苗条？”

“非也，为夫是说，娘子该胖的地方还固执地瘦着。”

“哪儿？”

“腹部往上一尺处。”

“……”

“奴家的胸虽小，却还能哺乳，而夫君的，似乎并没有什么用处。”

“娘子你错了，为夫的胸是一种限度。”

“怎么说？”

“提醒娘子的不要小得太过分了。”

“……”

“夫君，竟有人说一看奴家就像个不良妇人，奴家究竟哪里看起来不良了？”

“咳咳，发育不良。”

“……”

“为夫需外出几日采些草药，娘子在家好生照顾自己。”

“夫君不在奴家身边，奴家遇到困难，可如何是好？”

“摸摸自己的胸脯，告诉自己是条

汉子，咬咬牙便能挺过去了。”

“……”

“夫君，为何你们男人都喜欢娶大胸的姑娘？”

“因为平胸的话，我们自己也有。”

“……”

“有些求不得的事物，只能以‘命里有时终须有，命里无时莫强求’慰藉自己，娘子觉得呢？”

“委实，就好比胸这种东西。”

“……为夫可什么都没说。”

“……”

“夫君，奴家的胸大不大？”

“那得看与男子比还是与女子比了。”

“……男子。”

“不分伯仲、难较高下。”

“……”

“娘子怎的神色郁郁，可有什么不快？”

“今日出门遇到些烦心事，不提也罢。”

“烦扰之事何其多，娘子须知道，这个世间，除了娘子的胸，没什么大不了的。”

“……”

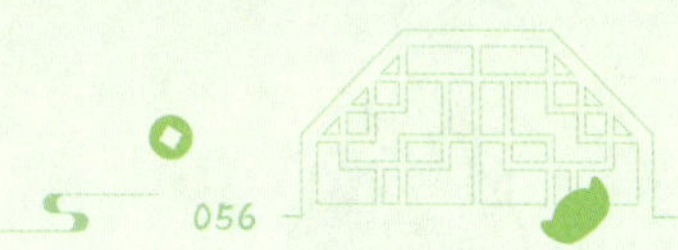

“夫君，奴家的胸好闷怎么办？要不夫君给奴家讲个笑话？”

“咳咳，它们还小，听不懂的。”

“……”

“夫君平日忙碌，难得陪奴家出来逛逛街，奴家想买些瓜果。”

“好，都听娘子的。”

“老板，给我称两个木瓜。”

“娘子怎的变了口味，喜欢吃木瓜了？”

“倒不是奴家喜欢吃木瓜。”

“那为何买这么多？为夫和孩儿们也都不太喜欢吃。”

“奴家听闻，木瓜可以丰胸。”

“原是如此。老板，再多称两个。”

“……”

“夫君，奴家听说吃药可以丰胸，不如奴家也买一些熬来喝一喝？”

“不用，为夫觉得娘子这样就挺好的。”

“夫君，你果然舍不得为奴家花钱。”

“……好好好，买买买。”

“夫君，你果然嫌奴家胸小。”

“……”

【第七章】哼，红杏出墙？想都别想，宠物也别想。

“夫君带映雪去散步，奴家未说什么；夫君喂映雪吃东西，奴家亦未说什么；但此番夫君竟毫不避讳地为映雪沐浴，形影不离如胶似漆，无视奴家的感受，奴家是万万不能再忍！”

“……娘子，若是寻常女子的醋，你吃吃只当怡情便也罢了，映雪它不过是一只猫。”

“可它是母的，也算是女子。”

“……”

“夫君，奴家究竟哪里不如映雪了？”

“映雪比娘子活泼可爱，比娘子聪明伶俐，比娘子善解人意，比娘子温柔可人，长得还比娘子美貌好看。”

“……奴家竟然比不过一只猫？”

“晓得它是一只猫，娘子还与它比？”

“……”

“夫君，奴家昨日看见你摸着一位美貌姑娘的手，许久不舍得拿开，末了还对她说了好些关怀的话。”

“望、闻、问、切，即所谓的‘四诊’，大夫切脉不叫摸。患疾女子的醋，娘子也要吃吗？”

“……”

“夫君，你看邻桌的美人，眉眼盈盈，顾盼生辉，乱人心怀。”

“看不到，为夫眼里只有娘子一人。”

“咳咳，果真？”

“嗯，娘子挡住为夫的视线了。”

“……”

“夫君，那罗姑娘对你情深意重日月可鉴，几次自降身份声泪俱下说甘为夫君小妾，言辞恳切感人肺腑，夫君至少该表示一下，而非如此对她不理不睬，这样不好。”

“娘子说得有道理，那娘子以为应当如何？”

“自然是义正词严毫不留情地拒绝她，说你这一颗心只装得下奴家一人，再容不下其他女子。”

“……”

“奴家若允许夫君纳一房小妾，夫君以为如何？”

“为夫拒绝回答。”

“……为何？”

“为夫若说不想纳，娘子定说为夫阳奉阴违、口是心非；若说想纳，娘子必说为夫朝秦暮楚、见异思迁。进退两难，里外非人，为夫何苦？”

“……夫君你真了解奴家。”

“娘子为何把后院的红杏枝都剪掉了？”

“夫君不是说不能让红杏出墙吗？剪掉不就出不了墙了？”

“……为夫说的红杏是指娘子你。”

“夫君这是，夸奴家生得好看的意思吗？”

“……”

“新岁新气象，不如夫君纳三房美妾，来个喜上加喜，岂不美哉？”

“……原本娘子变得如此贤惠开明豁达大度，为夫是该高兴的，但为夫说过此生绝不负娘子。”

“其实奴家只是觉得实在无聊得紧，想凑一桌人搓搓麻将罢了。”

“……”

“夫君这郁郁不得志的模样，在想什么呢？”

“无事。”

“夫君若有心事，不妨与奴家说说，奴家虽不懂宽言慰语，但能倾听一二。”

“为夫只是想静静。”

“这个静静是哪家的姑娘？”

“……”

“夫君，有句话说‘女人如衣裳’，意思是不是女人可以随便换？”

“咳咳，娘子这个见解……很是独特。”

“夫君这么多年，就奴家这一件衣裳，就没想过换一件穿穿？”

“不用，为夫懒。”

“……”

“夫君，奴家听闻西街那邢家老二，以前寻花问柳，整日流连在那温柔乡里，对其妻不闻不问不管不顾，如今不知为何突然性情大改浪子回头，对妻子疼爱非常，竟还效仿汉朝张敞为邢二婶画眉，可谓羡煞旁人。”

“这有什么可奇怪的？好比在外头吃多了大鱼大肉，终究会烦腻，突然回家尝了口萝卜白菜，便觉得是人间美味一般。”

“那夫君整日在家吃着萝卜白菜，是不是想去尝尝外面的大鱼大肉呢？”

“咳咳，为夫向来口味清淡，只喜欢吃萝卜白菜。”

“夫君，为何那么多男人总是吃着碗里的，看着锅里的？”

“大约是因为饭量大吧。”

“……那夫君呢？”

“为夫碗里的便够吃了。”

“那锅里的也可以看一看的。”

“娘子不是将锅端走了吗？”

“……”

“夫君还记得自己去过几次花楼吗？”

“当然记得，去过三次。”

“夫君倒是诚实。温柔乡里好玩吗？”

“这个问题本该是为夫问娘子的，究竟是谁三次女扮男装大逛花楼要为夫亲自去扛回家的？”

“……夫君，其实有时候记性太好未必是件好事。”

“哦，是吗？”

“是……”

“听闻夫君弱冠之前，罗姑娘便对夫君芳心倾许了，多年来为夫君拒绝了多少青年才俊，而夫君却拒美人于千里之外，真真是不解风情啊！”

“为夫对她无意，不想耽误了人家姑娘，也不想勉强了自己内心，毕竟，强扭的瓜不甜。”

“虽说强扭的瓜不甜，但可以解渴啊！”

“……”

“夫君，与奴家一起逛街，不许自己偷偷看俊俏标致的姑娘，知道吗？”

“知道，为夫不看。”

“嗯，为何不看？”

“……不是娘子说不许看吗？”

“奴家的意思是：不许自己偷偷看，要叫上奴家一起看啊！”

“……”

“夫君，倘若你哪天要去逛花楼了，记得带上奴家。”

“……且不说为夫断不会去，便是真要去，娘子见有哪个男子逛花楼还带着媳妇的么，况且娘子去做什么？”

“奴家去给夫君把把关、砍砍价，顺便给自己长长见识呀！”

“……”

“娘子切记遵守妇道，莫要出墙，虽说墙外万种风情令人流连，但说不准在翻墙时一失足便活生生摔死了。”

“奴家晓得。”

“娘子晓得便好。”

“奴家走大门。”

“……”

“夫君，咱们县令前几年不是才将结发妻子休了娶了个大美人做新夫人吗，听闻近日又在外头惹了桃花，还偷

结了桃子。”

“娘子想说什么？”

“奴家希望夫君引以为戒，洁身自爱。”

“……娘子你放心，自从娘子对外造谣为夫不举之后，便再没有桃花敢在为夫身边开放了。”

“都枯萎了？”

“都死绝了。”

“真是老天有眼。”

“嗯？”

“咳咳，有眼无珠。”

“……”

【第八章】我只是想看古人写得如诗如歌的和离书！

“夫君，给奴家写一份和离证词吧！”

“为夫惹娘子不顺心了？娘子竟要与为夫和离？”

“没有，便是听闻古人和离书写得如诗如歌，奴家想见识一下。”

“……”

“夫君果然不在意奴家了，既然如此，咱们和离了吧。”

“娘子这般，便显得些无理取闹了。”

“奴家无理取闹？夫君一个大丈夫，

与奴家赔个不是又如何？”

“好好好，都是为夫的错，还请娘子原谅。”

“哼，夫君以为一句请奴家原谅，此事便完了吗？”

“……”

“娘子，若有日为夫纳妾，娘子会不会大哭大闹或与为夫和离？”

“不会。”

“娘子胸怀宽广海纳百川，非寻常妇人可比，如此气度不禁让为夫对娘子肃然起敬……”

“奴家不介意当个寡妇。”

“……”

“夫君，咱们要是和离了，宅子归奴家，奴家的钱也得拿走。”

“那为夫的钱呢？”

“夫君的钱便是奴家的钱，夫君哪有什么钱？”

“……”

“夫君，咱们和离了吧。”

“和离书，娘子写。如娘子所言，词句要如诗如歌，动人心弦。”

“……此事有点难，奴家可否沿用古人写的？”

“不行。”

“那夫君休了奴家好了。”

“不休。”

“……可是奴家不晓得怎么写。”

“那便好好相夫教子，生是为夫的人，死是为夫的死人。”

“……”

“夫君，咱们和离吧……”

“好。”

“夫君你，竟如此……”

“宅子给娘子，马车给娘子，孩子给娘子，为夫也给娘子。”

“……”

“奴家去庙里上香，顺便请算命先生为夫君算了算姻缘，卦象说夫君会娶二房，奴家眼里容不得沙子，夫君若要娶二房，便将奴家休了去。”

“为夫怎忍心休了娘子？还是和离好些。”

“和离？夫君你竟要与奴家和离……”

“娘子既信那卦象，为夫再娶你一遍，如此，娘子既是大房也是二房。”

“……咳咳。”

【第九章】赖皮和无理取闹是调节感情的良剂。

“夫君，奴家是不是偶尔有些无理取闹？”

“不是。”

“果真？”

“不是偶尔，是经常。”

“……”

“嘤嘤嘤，夫君夫君，方才奴家遇到歹人了，他光是抢了奴家钱财便也罢了，竟折而复返羞辱奴家一番。”

“娘子莫气，且将事情过程细细说来，为夫好去报衙门，将歹人绳之以法。”

“彼时奴家独自行走于路上，那歹人忽从背后冒出，以迅雷不及掩耳之势抢了奴家的荷包，奴家霎时呆若木鸡，惊魂未定之时，他竟折而复返，义正词严地指着奴家这套衣裳说难看至极、不堪入目。”

“……这确是对娘子极大的羞辱了。”

“嗯。”

“……那歹人此刻还活着吗？”

“不晓得，奴家离开时他还趴在地上。”

“……”

“倘若有一日奴家眼睛瞎了，夫君会不会照顾奴家一辈子？”

“这是自然。”

“夫君，奴家此刻眼睛便看不见，夫君可否帮奴家拿些吃食？”

“……”

“倘若夫君惹奴家生气了，夫君一定要哄奴家。”

“这是自然。”

“买好吃的给奴家，等奴家吃饱了有力气再打死夫君。”

“……”

“夫君知道奴家为何不开心吗？”

“为何？”

“因为夫君不知道奴家为何不开心。”

“……”

“夫君，奴家觉得你变了。”

“为夫如何就变了？”

“倘若夫君没有变，奴家便不会觉得夫君变了的。”

“……”

“夫君，你去好好反省一下。”

“为夫愚钝，不知娘子让为夫反省什么？”

“反省一下为何奴家会叫夫君反省。”

“……”

“夫君会为了奴家去死吗？”

“为夫不敢说，怕说了娘子让为夫

去死。"

"……"

"夫君，奴家生气了。"

"为夫如何做娘子才会消气？"

"不必，恰恰相反，晚上奴家会请夫君吃一道佳肴。"

"什么佳肴？"

"闭门羹。"

"……"

"夫君，奴家发现自己离不开夫君。"

"为夫不过外出采了几日的草药，娘子怎变得这般情意绵绵了？"

"夫君这几日不在家，屋里的蚊子都只咬奴家了。"

"……"

"夫君，奴家摔碎了一只碗。"

"摔了便摔了，娘子没伤着便好。"

"虽是无意，可奴家还是要惩罚一下自己。"

"惩罚什么？"

"惩罚自己一个月不洗碗。"

"……"

"夫君，咱们家不能光夫君一个人说了算。"

“那便一半由为夫说了算，一半由娘子说了算。”

“如此，以后夫君与奴家意见一致时奴家听夫君的，意见不一致时夫君听奴家的。”

“……”

“娘子风寒好些了吗？”

“没有。”

“午间的药，娘子可吃过了？”

“没呢，奴家不饿。”

“……”

“奴家与夫君连理至今，可谓相敬如宾、相濡以沫、相生相克、相爱相杀、相……”

“……娘子别相了，有话便与为夫直说。”

“咳咳，夫君爱过奴家否？”

“自然。”

“夫君言外之意便是如今不爱了是吧？”

“……”

“奴家发觉夫君如今是越发不在意奴家了。”

“怎会？”

“昼食奴家便不吃了，奴家要将孩儿打一顿。”

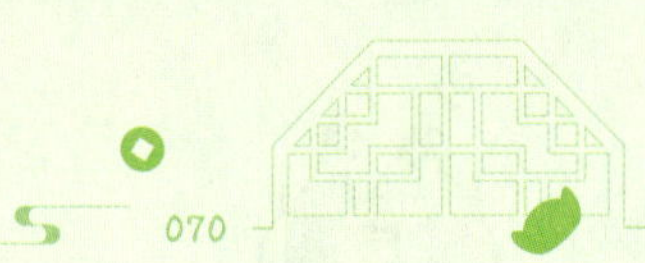

“好端端的打他作甚？”

“你看你，果然不在意奴家了，你都不问问奴家为何不吃昼食！”

“……”

“娘子以后若是觉得害怕，就抱紧为夫。”

“奴家晓得。”

“蟑螂，娘子快抱紧为夫！”

“……奴家不怕蟑螂。”

“为夫怕啊！”

“……”

“为夫英俊潇洒、玉树临风、风流倜傥！”

“你怕蟑螂。”

“为夫满腹经纶、学富五车、才高八斗！”

“你怕蟑螂。”

“为夫心地善良、温柔体贴、内外兼修！”

“你怕蟑螂。”

“……娘子能不能不提蟑螂？”

“奴家多年来受夫君毒舌摧残，可谓体无完肤，如今得报大仇，怎能轻易放过？”

“……”

“奴家方才瞧见夫君的荷包里有一

张画着奴家的小像。"

"一个好的丈夫，荷包里便该放着自己娘子的小像。"

"其实，一个好的丈夫，便不该有自己的荷包。"

"……"

"夫君，奴家想买盒面脂，一两银子。"

"这是二十两，娘子可再买些黛、唇脂、胭脂、妆粉、花钿、额黄、玫瑰膏、化玉膏……"

"夫君，你是不是嫌奴家难看？"

"……"

"夫君，奴家不小心割破了手指，心好痛……"

"为夫瞧瞧……等等，为何割破手指心会痛？"

"因为十指连心呀！"

"……"

"这么多年了，没有人可替代娘子在为夫心里的位置。"

"是以这么多年，夫君究竟找过多少人准备替代奴家了？"

"……"

"夫君，奴家今日去太白楼买了夫

君最爱吃的野笋炒肉呢！”

“娘子可吃过了？”

“当然，好吃得很，是以奴家一时没忍住，便都吃完了……嗝……”

“……”

“夫君，奴家瞧见你荷包里有十八两银子。”

“嗯。”

“奴家想帮夫君凑个整的。”

“如此自然再好不过，只是娘子今日一反常态，倒让为夫有些惶恐不安……”

只见某妻从某夫荷包里拿出了八两银子。

“呐，如今夫君这个荷包里是十两银子，整的。”

“……”

“娘子当初究竟喜欢为夫什么？”

“奴家喜欢夫君仪表堂堂、风度翩翩、金相玉质、清雅出尘、博学多识、惊才绝艳。”

“既然为夫有如此多长处优点，娘子觉得自己配得上为夫吗？”

“奴家当时一心只想着如何糟蹋夫君。”

“……”

“夫君可回来了，晚饭奴家已经准备好了，与昨日的一样。”

“……这是？”

“昨日的剩饭剩菜。”

“……”

某日某夫归家，某妻二话不说，拿起某夫的胳膊便咬了一口。

“……娘子为何咬为夫？”

“方才有人说奴家的牙齿长得不齐，奴家便借夫君的胳膊咬道印子来看看是不是真的。”

“……那娘子为何不咬自己的胳膊？”

“下不了口。”

“……如今看出来了吗？”

“咬得太浅了，奴家再咬一次。”

“……”

“娘子以后便是生气也不要再摔瓷器了，这瓷瓶是母亲留下的，定窑的，只留了两个，如今只剩一个，再摔便没有了。”

“那夫君以后也不许气奴家，奴家也是奴家母亲留下的，亲生的，只有奴家一个女儿，气死了也没有了。”

“好好好。再说为夫何时惹过娘子生气了？”

“奴家觉得惹了便是惹了，哪里需要什么理由？”

“……”

“为夫都准备好朝食了，娘子还不打算起床？”

“嗯……奴家想再躺会儿。”

“娘子可听过：早起的鸟儿有虫吃？”

“听过，可夫君也说过奴家是小懒虫，既是虫子，早起是会被鸟儿吃掉的。”

“……”

“夫君天生丽质、貌美如花、肤若凝脂、吹弹可破……”

“……”

“奴家琼姿玉貌却生生被夫君这一朵鲜花衬作了牛粪……”

“娘子说吧，又要多少银子？”

“二两便可。”

“……”

“夫君，你觉得奴家贤惠吗？”

“贤惠。”

“夫君果然实诚。”

“倒不是为夫实诚，为夫只怕说了实话，今晚娘子又让为夫打地铺。”

“……今晚不许踏进房门。”

“……”

当晚，某夫翻窗入房。

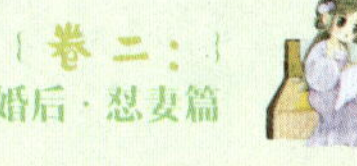

“娘子今日怎的没戴那支红豆簪？”

“掉了。”

“娘子你……”

“夫君莫急着说奴家，其实早在半月前便掉了，奴家晓得那簪子对夫君与奴家皆是意义重大，因怕夫君生气，便不敢与夫君提起。”

“那娘子如今便不怕了吗？”

“奴家以为，咱们先来说说这半个月夫君有无关心奴家的事儿，再讨论红豆簪子掉了的事儿。”

“……”

娘子，其实人生在世不如意事常八九，不必时常抱怨，如人饮水冷暖自知便好。”

“但是夫君，倘若你饮水时被热水烫到，不会叫吗？”

“……”

“夫君究竟爱奴家哪一点？”

“明眸皓齿、琼姿玉貌、蕙质兰心、温婉贤淑。”

“死相，奴家哪有夫君说的那般好。”

“……娘子晓得便好，可否将刀放下？”

“夫君，奴家前些日子去邢二嫂家，撞见邢二哥被罚跪了，说是邢二哥去赌

坊，入夜不归。”

“邢二哥那般嗜赌委实不该，但邢二嫂如此罚跪亦欠妥当。”

“奴家私下与邢二嫂说了，邢二哥虽是不该，但他作为一个顶天立地的男人，那般待他总归跌面子，邢二嫂听了后若有所思。”

“是该换个好一些的法子。”

“岂料今日早间奴家拿果子去邢二嫂家，发现他们家装了神龛，邢二哥跪着拜神，虔诚至斯，日入之时奴家又去了一趟，见他还在那里跪着。”

“……”

“夫君，你会爱奴家一生一世，无论奴家家财万贯还是一贫如洗，安泰康健还是疾病缠身……”

“自然。”

“奴家还未说完，无论奴家好吃懒做还是贪图享乐。”

“……”

“夫君，你的良心被狗吃了吗？”

“嗯，为夫的心确实被娘子吃了。”

“……”

“奴家每次与夫君吵完架便觉得后悔不已。”

“娘子终于知道自己胡搅蛮缠了？”

“不是，奴家总觉得哪里没发挥好，没将夫君气死。”

“……”

“夫君知道奴家为何有些娇蛮任性吗？”

“为何？”

“因为我爹年轻时与你爹都钟情于你娘，但你娘最后选择嫁给了你爹，我爹一直耿耿于怀。”

“……这与娘子的性情有何关系？”

“是以我爹自小对奴家有求必应、纵容无度。我爹说了，父债子偿，出来混，迟早是要还的。”

“……”

【第十章】谈情说爱，不吃怎么行？

“夫君，咱们在饭馆吃饭，会不会有些铺张浪费？”

“是有些，但是厨房早上被娘子烧了，还来不及修缮。”

“……喔。”

“嗯。”

“夫君，你瞧那桌夫妇，多么恩爱，妻子吃剩的菜，丈夫都吃了。”

“嗯，为夫倒想与娘子也这般恩爱，可是娘子，你有什么是吃剩的吗？”

“……没有。”

“夫君，你瞧邻桌那对年轻男女，

与咱们差不多时候吃的，菜肴也都是三两样，咱们这都将要吃完了，他们竟还吃不到一半。”

“他们与咱们目的不同？”

“有何不同？”

“咱们是来吃饭的，他们是来谈情说爱的。”

“……”

“娘子怎的不作声了？”

“奴家也想与夫君这般谈情说爱。”

“咳咳，那娘子你倒是吃慢些呀！”

“……”

“倘若奴家失踪了，夫君可会像话本里的痴情男子那般，寻心爱的女子十几年？”

“可为夫寻娘子只需一个时辰。”

“嗯？”

“上次娘子失踪，为夫是在熙和楼里寻到的，彼时娘子正在吃着杏花鹅。”

“……咳咳，约莫是这样。”

“还有几次，为夫分别是在太白楼、曹婆婆肉饼铺、戈家蜜枣儿摊、宋五嫂鱼羹铺、朱家元子糖蜜糕铺和一品居寻到娘子的。”

“……夫君好记性。”

“所以，有吃的地方就有娘子，断然不会错的。”

“……”

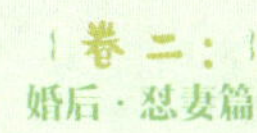

“呐，奴家亲手做的菜，请夫君品评。”

“……非尝不可吗？”

“当然，试试味道如何？”

“咸。”

“哦，大约是菜煮少了的缘故吧。”

“……难道不是盐放多了的缘故？”

“不，是菜放少了。”

“……”

“夫君，奴家今晚决定亲自下一回厨。”

“为夫会心疼的。”

“无碍，奴家不觉得累。”

“不不不，为夫是心疼厨房，毕竟上月才又被娘子烧了一回。”

“……”

“夫君，奴家做了番茄炒蛋，虽然炒得有些焦了，但竟做出了红烧鸡块的味道。”

“娘子，你睁眼说瞎话的功夫真是日渐精进了。”

“是真的，不信夫君你闻闻。”

“那是隔壁做菜味道飘过来了。”

“……”

“夫君，你瞧院子里那缸子养的几条鲤鱼，天天只晓得吃，什么也不会做。”

“它们再不济，也是好看的，娘子

再看看自己。”

“奴家再不济，心情好时也会喂喂它们吃食不是？”

“是是是，但娘子心情不好时，会拿它们喂喂自己不是？”

“……”

“夫君，你天天做这么多好吃的，主内又主外的，衬得奴家好似一个花瓶了。”

“花瓶？娘子撑死也就算个坛子，还是烧坏了的那种。”

“……”

“今日的饭，夫君是想吃软一点的还是硬一点的？”

“说的好似娘子会焖一般，为夫希望吃熟的。”

“……”

“夫君，为何你做的菜这般美味好吃？”

“是因为里面有一样特殊的东西，娘子知道是什么吗？”

“嗯，是爱。”

“……是豆瓣酱。”

“……”

“娘子，这鱼，好吃吗？”

“嗯，味道还不错，夫君要尝尝吗？”

“它看起来，格外娇小啊！”

“这是家里养在莲缸里的鲤鱼，自然小。”

“……娘子竟连养来观赏的鲤鱼也不放过吗？”

“夫君你听奴家解释：奴家早间还见它在缸里游得欢快，不想午后便翻白肚了，那情境，委实凄惨得很呢！”

“嗯，然后呢？”

“夫君知道的，现下并不兴土葬，奴家只能将它火葬了。”

“然后烧着烧着，香味四散，娘子情不自禁，便放了油盐？”

“大约是这样。”

“再然后娘子情难自持，更是秉着不浪费粮食的可贵精神，便将它吃了？”

“嗯嗯，果然还是夫君最了解奴家。”

“……”

“夫君，来尝尝奴家新研究的菜式，品评品评。”

“……为夫单看这菜的色泽便晓得必是珍馐美馔无误了，为夫还是不尝了吧。”

“眼见未必为实，绝知此事要躬行，夫君尝一尝。”

“……罢了。”

“夫君你吃菜便吃菜，做这一副慷慨赴义视死如归的模样是要作甚？”

“若算是一碗汤，娘子水放少了；若算是一盘菜，娘子菜放少了。”

“说人话。”

“盐放多了。”

“……”

“夫君，这鲫鱼究竟是清蒸好呢还是红烧好呢？夫君去鱼鳞的时候，直接把鱼头剁掉吧，左右上面也没多少肉。”

“好好好，都听娘子的。”

“卖鱼的不是说这条鱼耐活吗，怎的还没到晚上便死了？”

“大约是娘子一会儿说要清蒸，一会儿说要红烧，一会儿说要去鱼鳞，一会儿说要剁鱼头，将它活生生吓死了吧。”

“……”

“娘子今日这菜炒得真好吃。”

“夫君言外之意，莫非是奴家以前炒得不好吃吗？”

“娘子以前炒得也好吃。”

“奴家除了炒菜,炒肉就不好吃吗？煲汤就不好喝吗？”

“娘子做什么都好吃。”

“莫非奴家除了厨艺好便没别的好处了吗？”

“娘子内外兼修蕙质兰心。”

“莫非这些夫君不说奴家便不晓得了吗？”

“……”

“娘子，你少吃点臭豆腐，毕竟味道有些不好闻。”

“夫君不是说女子要有一点味道吗？”

“……但是娘子的味道是不是有点重了？”

“奴家觉得一点也不。”

“……”

“夫君，奴家想吃铜钱包。”

“为夫这便去给娘子做。”

“奴家想吃太白楼的。”

“那为夫去给娘子买。”

“凉了不好吃。”

“那为夫带娘子去吃。”

“外头太冷，奴家不想出门。”

“……娘子究竟想怎么样？”

“奴家想吃铜钱包。”

“……”

“夫君，你想吃枇杷还是想吃甜瓜？”

“娘子，下次你直接问为夫是想去剥枇杷还是想去切甜瓜便好了。”

“咳咳，奴家觉得，女子还是婉约含蓄一些较好。”

“……”

【第十一章】娶个“脑洞”大的娘子，居然是这种体验!

“夫君，奴家近日内心郁郁，不知为何。”

“那为夫带娘子出去散散心？”

“出去散散心也好。山东蓬莱和浙江西湖，夫君觉着哪个好些？”

“……为夫以为，东巷头的小池塘就很不错。”

“……”

“由于今日白天夫君无暇，奴家便自己出去散心了，不料途中遇到两个傻子在争论天上的是太阳还是月亮，还问奴家谁说得对。”

“然后呢？”

“奴家说：我不是这个村的，不太清楚。”

“……娘子怎么不说自己是天仙神女？”

“夫君当奴家真蠢吗？若说了是太阳，那个说是月亮的打死奴家怎么办？”

“……娘子机智起来实在令人吃惊。”

“夫君近来陪李公子的时间比奴家

还多。谈古论今，填词作诗，泛舟品箫，花前月下，如胶似漆，比翼双飞，可谓羡煞旁人啊！”

“为夫与李公子并非娘子所想那般……”

“奴家绝非歧视断袖的意思。倘若夫君是被女子抢了去便也罢了，偏偏是个男子，叫奴家，情何以堪？”

“咳咳，娘子莫要多心，为夫与李公子只是交了心的知己。”

“你们竟已至此地步，连心都交了？”

“……”

“好听吗？”

“……夫君你弹的是什么？”

“《高山流水》。”

“奴家问的是乐器。”

“……”

“娘子，为夫有一个朋友，玉质金相，只是害羞腼腆，至今仍形单影只，此番想寻个良配，娘子到底识得一些碧玉闺秀，请娘子帮忙牵牵红线。”

“他可有什么要求吗？”

“嗯……活的，女的。”

“唔，连性别都挑，难怪他至今孑然一身。”

“……”

“娘子方才与那男子说了什么？”

“没什么，他向奴家问路，奴家给他指了指路罢了。”

“指路？据为夫了解，娘子可是不分东西、不辨南北的，如今竟也会指路了？”

“咳咳，其实奴家是乱指的。”

“……”

“奴家此举倒也没有恶意，只是想给他个教训：不要随便相信陌生人，特别是像奴家这般长得好看的陌生人。”

“……”

“今晚吃西红柿炒鸡蛋，娘子说好不好？”

“可是奴家不喜欢吃西红柿。”

“那娘子喜欢吃什么？”

“番茄。”

“……”

某日某妻闲来无事去医馆看某夫。

某夫：“公子贵姓？”

病人：“鄙人姓张。”

某夫：“是弓长张，还是立早章？”

病人：“弓长张。”

几日后，家中来新客。

某妻：“公子贵姓？”

客人：“免贵姓侯。”

某妻：“是公猴，还是母猴？”

客人：“……”

某夫：“……”

“娘子，夜深了，早些安寝吧。”

“奴家睡不着，想看会儿书。”

“娘子今夜这般勤奋好学，着实让为夫刮目相看。”

“夫君不懂，这书有一股清新淡雅的墨香味，翻上几页，有助睡眠。”

“……”

“娘子喜欢什么动物？”

“自然是毛茸茸的小动物，因为它们都特别可爱。”

“娘子说的可是毛毛虫吗？”

“……奴家形容的是猫。”

“……”

“倘若天妒英才使为夫英年早逝，娘子你待如何？”

“改嫁给夫君的仇人，然后将那人气死，让夫君你含笑九泉。”

“……”

“夫君不必夸奴家，此乃奴家为妻应尽之本分。”

“……”

“为夫突然发现，娘子你其实还挺矮的。”

“夫君可听说过，‘狗眼看人低’这句话？”

“……”

“夫君，奴家饿了。”

“为夫还有几笔账要算，娘子可否等等？”

“可是奴家真的饿了。”

“要不娘子先吃点狗粮垫垫肚子？”

“……”

“咳咳，那要不娘子自己下厨？”

“……奴家还是去吃狗粮吧。”

“……”

“夫君，奴家要吃这个，这个，还有这个！”

“咳咳，娘子，你除了吃还会什么？”

“还会饿啊！”

“……”

“娘子，近来稍远一些的物事为夫都看不见，恐是患了眼疾。”

“夫君，你能看到天上的日头吗？”

“……自然。”

“那夫君还担心什么，毕竟日头那么远都能看得到。”

“……”

“夫君，今晚陪奴家去长安街逛逛吧！”

“长安街离家挺远，为夫只怕逛完街回来累得走不动。”

“没事儿，奴家背夫君回来。”

“……好。”

“夫君脸色不太好，可是身体不舒服？”

“为夫有些头痛……”

“是以，夫君是脑子有病？”

“……”

“夫君，倘若哪日天妒英才让你英年早逝，这余生漫漫，奴家该如何度过？”

“倘若真有那一日，娘子可改嫁。”

“那夫君，你觉得奴家改嫁给谁好呢？”

“……为夫还没死。”

“……”

“哇啊啊！夫君呐，别丢下奴家！你走了奴家活着还有什么意思，便一并把奴家带走了吧……”

“……娘子为何跪在这里捶胸顿足的，哭得这般撕心裂肺？”

“夫君你回来得正好，待夫君百年后奴家跪于夫君棺前如此哭丧可好？”

“……是不是有点早？”

“不早不早，未雨绸缪，总比临渴

掘井好。”

“……娘子，为夫觉得，不用百年之后，与娘子在一块儿，为夫与世长辞是随时随地的事。”

“所以说，奴家还是很有远见的。”

“……”

“听说婚姻是爱情的坟墓，娘子对此有何见解？”

“委实，还得时常提防有人盗墓。”

“……”

“若奴家有什么做得不好或不对的地方，夫君一定要与奴家说，万万不可憋在心里。”

“娘子突然如此体贴，倒让为夫不习惯了。”

“左右奴家也不会改，只望别把夫君憋出什么毛病罢了。”

“……”

“夫君，奴家的眼神近来越发不好了。”

“如何不好了？”

“竟连荷包里的银子都看不见了。”

“……”

“夫君，奴家如今才晓得，原来最

温暖的，并不是人心……”

“娘子……”

“而是被窝。”

“……”

“咦，夫君画的这女子是谁，面目这般狰狞，是女鬼夜叉吗？”

“咳咳，为夫画的，是娘子。”

“……哦，其实仔细一看还是挺好看的，杏脸桃腮、眼波流转。远而望之，皎若太阳升朝霞；迫而察之，灼若芙蕖出渌波。”

“……”

“娘子，为夫记得，你方才可是吃了两碗米饭、两个鸡腿、一盘桂花糕和半斤牛肉呢！如今端着这糯米鸡，是又饿了？”

“奴家饭量小，哪里吃得下？门口有个乞丐，怪可怜的。”

“是以娘子善心大发？”

“嗯，那人说已三天三夜不曾见过饭菜了，奴家于心不忍。”

“所以呢？”

“奴家想端去给他瞧瞧。”

“……”

“夫君晓得，奴家自嫁与夫君，这几年发式绾的皆是妇人髻，今晨突然心

血来潮，便梳了个双丫髻，不想未时于茶楼听书时，险些招了朵烂桃花。”

“娘子已将至花信，竟还学小姑娘梳双丫髻？可有遭了调戏轻薄？”

“那倒没有，那人是个谦谦如玉的少年郎，说奴家生得貌美如花，一见倾心，不知是否婚配，可愿与他结为连理之类云云。”

“然后呢？”

“奴家自是义正词严婉拒了他。”

“如何个婉拒法？”

“奴家对他说，我这朵鲜花，已经有牛粪了，请他另觅一朵。”

“……”

“夫君，你回来啦！”

“嗯。外头冷得很，可有热水？为夫想沏盏热茶，暖暖身子。”

“没有。”

“娘子怎的在家连壶热水也不烧？”

“咳咳，奴家烧的不如夫君烧的好喝，怕不合夫君胃口。”

“……”

“娘子今日怎的愁眉不展？可有什么烦心事？”

“唉……夫君，明日，你陪我入市买些抹脖子的东西吧。”

“抹脖子？！娘子好端端地为何想不开要轻生？”

“……不是，奴家今日颈脖有些酸痛，想买些膏药敷一敷。”

“原是如此……倒也是，倘若娘子真要轻生，家中也有的是工具，何必费事去买。”

“……夫君，你去将菜刀磨一磨，奴家待会要用。”

“娘子要切什么东西吗？”

“砍你。”

“……”

“奴家睡不着，夫君可否给奴家讲个故事？”

“好。在春秋时期……”

“究竟是春还是秋呀？”

“……秋吧。”

“嗯，然后呢？”

“有一位诸侯……”

“到底是猪还是猴呢？”

“……”

“娘子，你睡床边，可否劳你熄一下灯？”

“不能，奴家已经睡着了。”

“……”

“夫君，你看，多少才子佳人的美谈佳话，无不是女子琼姿玉貌、出尘脱俗，男子玉质金相、丰神俊朗，可见从

古至今，皆是一个看脸的世道。”

“娘子难道不是看上为夫的脸？”

“奴家何止看上夫君的脸，还有夫君的口耳，夫君的眉眼，夫君的心肝脾胃肾肠肺。”

“……”

“夫君知道奴家为何如此娇蛮任性蛮横无理吗？”

“为何？”

“因为长得好看的人啊，一般脾气都不太好。”

“……”

“夫君不是向来视钱财如粪土吗？”

“是又如何？”

“既然如此，夫君可以把这些粪土都给奴家。”

“……”

“夫君，奴家做的这道菜味道如何？”

“火候差不多，就是咸了点。”

“那夫君过一会再吃吧。”

“为何？”

“因为时间会冲淡一切的。”

“……”

“夫君，你会背着奴家在外头找相好的吗？”

“不会。”

“那夫君的意思就是会光明正大地找咯？”

“……”

“夫君，你还晓得回来吗？”

“与朋友相处，竟忘了时辰。这么晚了娘子如何还不睡？”

“外面起风了，奴家睡不着。”

“又没有雷声闪电，娘子怎的睡不着？”

“奴家怕风太大，把新买的搓衣板吹走了，夫君回来得正好，去用膝盖压住吧，奴家睡了。”

“……”

“从今日开始，夫君收拾房子。”

“那娘子呢？”

“奴家收拾夫君。”

“……”

“夫君，奴家会切鸡肉了。”

“所以娘子想以后由自己掌厨？”

“不是，奴家只想告诉夫君，夫君小心点，别在外头拈花惹草招蜂引蝶，奴家如今会分尸了。”

“……”

“娘子，你做的这道佳肴叫什么名？”

“番茄炒鸡蛋。”

“……那这鸡蛋为何是黑色的？”

“嗯……大约是乌鸡蛋吧。”

“……”

某妻：“夫君，方才送进医馆那个年轻姑娘好似伤得挺重的。”

某夫：“嗯，被马车撞了。”

某妻：“给她喂药的男子是她丈夫吗？看他看那个姑娘含情脉脉，说话温声细语的。”

某夫：“他不是那姑娘的丈夫，是那男子把那姑娘撞了，是以男子一直留在这儿照顾那姑娘。”

某妻：“若是因此结下一段良缘，倒也不失为一段佳话。”

某夫：“听闻是该男子向那位姑娘求亲，说要照顾姑娘一辈子，姑娘没同意，故此……”

某妻：“……不想这位公子也是个性情中人。”

某夫：“……”

炎夏。

“方才都拍死了这么多蚊子了，怎的刚躺下，这声音还这般大？”

“夫君方才拍死它那么多家人，它们大概是来哭丧吧。”

“……”

半夜，某夫耳边突然传来某妻的抽泣声。

“娘子可是做噩梦了？”

“嘤嘤嘤。”

“娘子别怕，为夫在呢！”

“奴家梦见与夫君二人行至戈壁荒漠，几日几夜没东西吃，在将要饿死之际，夫君砍下自己的手，烤给奴家吃。”

“是以方才娘子是感动得哭了？”

“不是，烤焦了，吃不了。”

“……”

“夫君，你的衣衫之中夹杂着你淡淡的体香，布料洁白如羊脂玉一般，即便有些许汗渍亦丝毫不会影响它的美感，再加之细腻精致的针脚做工，实在是完美无瑕。”

“娘子可否说人话？”

“夫君你这外衫不用洗了吧？”

“……”

“夫君，院子莲缸里死了条鲤鱼。”

“好端端的怎么死了？”

“淹死的吧。”

“……”

“夫君，外头蛙声自黄昏至半夜也未间断，扰人清梦且不说，它叫了这么许久了，也不嫌嗓子疼吗？”

“这个时节，它大约是在求偶吧。”

“求了几晚也没有求到，可是别的青蛙嫌它长得不好看吗？”

“……”

“许我三千笔墨，绘你绝世倾城。”

“奴家美貌得如此复杂吗？”

“……”

“娘子是有了红烧肉便忘了为夫了。”

“奴家哪里是这样的人？”

“倘若为夫与红烧肉都掉河里，娘子先捞哪个？”

“奴家自然是先捞夫君呀，毕竟红烧肉掉河里也难捞起来了，便是捞起来也是不能吃了。”

“……”

“这是奴家吃过最好吃的小笼包了。”

“娘子，倘若有强盗将为夫绑了，让娘子拿十个小笼包赎为夫，娘子可愿意？”

“自然愿意。”

某夫深受感动，心想一个嗜吃如命

的人，愿意拿她最喜欢吃的东西换一个人，可想而知这个人对她多重要。

“奴家又不傻，奴家将夫君赎回来，夫君不得买二十个小笼包感谢奴家的救命之恩吗？”

“……”

“娘子眼下的乌青这般重，昨晚娘子睡不着不是数羊了吗？”

“是了，夫君说的方法根本不管用。话说当时奴家数着数着眼皮子将要合上了，猛然发现自己数错了，然后想了一晚上都没想起数到哪儿了。”

“……”

“夜深了，夫君早些睡吧。”

“娘子，这被子太短了。”

“这辈子虽短，可奴家能与夫君结发连理枝叶相持，如今琴瑟和鸣、鹣鲽情深，每感于此，便觉此生无憾，倘还有来世，愿再与夫君做一对恩爱夫妻。”

“……为夫是说这床被子太短了，盖不住脚。”

“……”

“娘子今日如此安静，倒让为夫觉得不适应了。”

“却是哪个说人家唠叨聒噪来着？如今人家痛下决心，决定要做个温婉人妇，夫君此番却又万般嫌弃地说觉得不适应？”

“……娘子莫气，只当为夫先前说的话都是放屁。”

“如此伤人的屁也只有夫君放得出！”

“……”

“夫君，奴家晓得自己蛮横无理、冲弱寡能、小肚鸡肠，常常惹得夫君语塞气结，连烧火做饭都做不好，还平白无故拈酸吃醋……”

“娘子万万不可妄自菲薄，你自有你的好处，为夫便喜欢你这般的女子……”

“这样啊，奴家原本还想改一改的，如今看来是不用了。”

“……”

“夫君既然觉得奴家连一只猫都比不上，那奴家不如出家当尼姑算了。”

“娘子可想清楚了，出了家便不能吃红烧肉了。”

“……不能吃红烧肉了？夫君，奴家方才说了什么？”

“……”

“夫君，你是打心底觉得奴家蠢吗？”

“当然。”

“那夫君可听说过物以类聚，人以群分吗？”

“……娘子你赢了。”

“夫君承让了。”

“娘子，弟弟去提亲送了多少聘金？”

“原本是送了两百两银子，后来姑娘母亲说要三百两才能迎娶她家姑娘，奴家一时情急，对那姑娘的母亲说：倘若你儿子娶媳妇，姑娘父母也这般要三百两，你拿不出来，又待如何？”

“然后呢？”

“然后她把聘金提到了六百两。”

“……是了，他们家还有两个未娶妻的公子呢！”

“……”

某妻：“孩儿你若是不听话，阿娘便叫你阿爹将原本预备给你买糖葫芦的银子都用来纳十几房姨娘，再让姨娘们生一堆娃娃来与你抢糖葫芦吃。”

女娃：“阿爹你听……”

某夫：“孩儿莫怕。”

某妻：“夫君莫惯着她。”

某夫：“为夫晓得娘子通情达理豁达大度，但娘子一下便要给为夫纳十几房妾室，也得为夫身体受得住才行。”

某妻：“奴家只是说着吓唬孩儿罢了，莫不是夫君已动了心思了？”

某夫："好了，孩儿你听到了吧，你阿娘方才说了只是吓唬你罢了。"

女娃："孩儿听到了。"

某妻："……"

【第十二章】教你对象在身边时买买买的正确打开方式。

"眼下又准备换季了，夫君不打算给奴家买点衣裳吗？"

"娘子听为夫的话吗？"

"不听。"

"那为夫为何要给娘子买？"

"……咳咳，那奴家便听夫君一回好了。"

"好，咱们不买。"

"……"

"夫君，这套襦裙真好看！"

"好看咱们便再看看吧！"

"……所以夫君是不打算给奴家买吗？"

"娘子，真正爱你的人，不是愿意花银子给你买东西的人，而是愿意花时间陪伴你的人。"

"……夫君竟把抠门说得如此清新脱俗，奴家也是服气的。"

"咳咳，实在是为夫没有带荷包。"

"夫君陪奴家逛街竟不带荷包？"

"娘子说过：一个好的丈夫，就不

该有自己的荷包。为夫醍醐灌顶，从那一刻起，便决定做一个没有荷包的好丈夫了。”

“……”

“夫君，奴家再买一套便好，只一套。”

“……娘子已经买了半条街了。”

“奴家穿得好看体面，也是给夫君长脸，夫君如何不明白这个道理呢？”

“其实为夫可以不要脸的。”

“……”

“夫君，奴家昨日在街上看中了两套衣裳，夫君能不能给奴家买？”

“可以，但娘子须答应为夫一个要求。”

“莫说一个要求，便是一百个，奴家也答应夫君。”

“好，那便一百个吧。”

“……”

“夫君，奴家给你买了套衣裳，你看看好不好看？”

“好看是好看，可娘子告诉为夫，为什么是女子的衣裳？”

“竟是女子的吗？奴家怎的如此粗心大意？那只好让奴家穿了。”

“……”

“夫君，你觉得奴家穿这套衣裳如何？”

“好看。”

“如此敷衍了事，是想让奴家赶紧买了好回家是不是？”

“……”

“罢了罢了。夫君再看看这套呢？”

“嗯，不好看。”

“哼，夫君便是舍不得给奴家买！”

“……”

“夫君，奴家已经一月多未买衣裳了，如今能不能买一套？”

“为夫已经七年多未娶媳妇了，如今能不能娶一个？”

“夫君的意思是：奴家答应夫君娶媳妇，夫君便同意奴家买衣裳？”

“……那为夫给娘子付买衣服的银子，娘子给为夫下娶美妾的聘礼吗？”

“……夫君只当奴家什么也没说。”

“娘子，为夫钱袋怎么好似少了二两银子？”

“奴家拿的，已经花了。”

“……其实娘子要花银子可以与为夫说，为夫又不是不给娘子。”

“奴家觉得最好先斩后奏，不要给夫君任何考虑的余地。”

“……”

“夫君，奴家想去逛街。”

“所以娘子是征求为夫的同意还是要为夫陪娘子去？”

“奴家只是想问夫君要银子。”

“……”

“夫君，奴家上月买的衣裳如今瘦了。”

“娘子是想说自己胖了？”

“奴家是想说夫君该给奴家买新衣裳了。”

“……”

“其实奴家花的每一文钱全都是花在夫君身上了。”

“为夫？”

“夫君你看，买的锦衣绣袄、笄簪钗环、胭脂水粉皆是用来打扮你的娘子。”

“……娘子受委屈了。”

“娘子，早间李家兄弟遇见为夫，便扯着为夫道他媳妇不知何故与他置气，问为夫有何方法让他媳妇消气，此天下第一难事，为夫哪里晓得？”

“对于天底下的女人，没有什么事情是一盒胭脂水粉解决不了的。”

“倘若有呢？”

“倘若有，那便是两盒。”

“……为夫了然。多谢娘子传道解惑，为夫这便去告知李家兄弟。”

“夫君等等。”

“娘子有何事？”

“奴家不知何故，突然就生气了。”

“……”

“夫君你晓得如何做了吧？”

“……为夫这就去买。”

“夫君等等。”

“不必买了？”

“不是。记住，一盒胭脂，一盒铅粉。”

“……”

“光阴似箭，日月如梭；白驹过隙，忽然而已。眼下娘子生辰将至，娘子想要什么礼物呢？”

“夫君心里想送什么便送什么好了。”

“为夫是怕送了娘子不需要的东西。”

“夫君，你想送奴家礼物便大胆地送，不必考虑这些东西奴家是不是真的用得上，世间的女子都是龙，在山洞中囤满宝藏然后盘在上面就很高兴了，不一定非要使用。”

“……”

“若是夫君实在怕买了奴家不需要的东西，那便多买几样，多多益善，如此总归有一样是能用得上的，夫君你说是不是这个道理？”

“……”

“夫君，你看，是这个手钏好看，还是这对银镯好看？是这支簪子好看，还是这支步摇好看？是这个花钿好看，还是这个玉佩好看？”

“娘子琼姿玉貌灼灼其华，凡尘俗物怎可配之？”

“夫君言外之意是，要买就买更好更贵的，是吗？”

“……”

“夫君，你回来啦，真是半日不见兮，想得半死矣。”

“说正事。”

“奴家在珍宝阁看上了个白银缠丝双扣镯，精美绝伦可谓巧夺天工，店里只此一个，错过便只能追悔莫及抱憾终身了。”

“说重点。”

“有些贵，要二十两。”

“明日为夫陪娘子去买。”

“不必，奴家已经拿回来了，赊的是夫君的账。”

“……”

“为夫愚钝，不会哄娘子开心，惹娘子不高兴都哄不好。”

“其实奴家很好哄的，星星月亮夫君摘不下来，买两支镶着宝石珠玉的簪子或者步摇糊弄一下也是可以的。”

“……”

“夫君，家里的搓衣板旧了，咱们买个新的吧。”

“都听娘子的。”

“夫君觉得这块如何？”

“为夫又不曾用过，哪里知道哪样的好？”

“要不夫君你来跪一下，试试好不好用？”

“……娘子买这搓衣板是用来洗衣服的，还是让为夫跪的？”

“所谓物尽其用，它既有这样的用处，也不能浪费了不是？”

“……”

“夫君，你瞧这支金步摇如何？”

“还好。”

“奴家想买一支。”

“前几日不是才买了一支吗？”

“那支太小了，戴着显得有些小家子气了，这支大一些，刚好。”

“要不为夫给娘子镀个金身？”

“……嗯？”

“呃，那个，掌柜的，将这支金步摇包起来。娘子还有什么看上的吗？”

“没有了，要不夫君给奴家镀个金身？”

“……”

“夫君，能再买个衣柜吗？奴家的衣裳装不下了。”

“房里已经有两个衣柜了，里面都是娘子的衣裳，娘子也不嫌多？”

“女人永远不会嫌自己的衣裳多，就好比你们男人永远不会嫌自己的小妾多一般。”

“可为夫一个小妾也不曾纳不是吗？”

“夫君自己不愿意纳，却怪得了谁？”

“那为夫便去纳一个。”

“便去纳去。”

“娘子不拦为夫？”

“不拦。”

“娘子须知，为夫纳了之后，原本可以给娘子买两套衣裳，便只能买一套了。”

“……夫君，奴家听说月老是将姻缘的红线绑在脚脖子上的，夫君两个脚脖子一个绑一根红线不好，一不小心便会绊倒的。”

“……”

“今夜月色不错。”

“夫君觉着这轮明月像什么？”

“银盘？”

“像不像夫君昨日说要给奴家买却忘了买的那盒胭脂？”

“……”

“夫君，奴家想与你商量件事儿。”

“跟银子有关的免谈，娘子说吧，何事？”

“那……奴家没事儿了。”

“……”

“奴家方才在珍宝阁看到一个白银缠丝镯，纹样精美、雕工细致，实在是难得一见的上品，私心想着若是奴家戴着，定是跳脱秋生腕底香……”

“娘子可否说人话？”

“奴家买了一个银镯。”

“……”

“夫君，奴家好似生病了。”

“娘子有什么症状？”

“天气炎热使奴家抓心挠肝、心浮气躁，目之所及皆不顺眼。”

“娘子可说人话吗？”

“换季了，想买衣裳。”

“……”

“夫君，奴家睡不着。”

“娘子睡不着便数羊吧。”

“可奴家不喜欢数羊。”

“……那便数首饰吧。”

“一支簪子、两支簪子……八十一支簪子……夫君，奴家好似越数越精神了。”

“……为夫听出来了。”

“那可如何是好？”

“明日为夫便给娘子买几支簪子。”

“好。”

“如此睡得着了吗？”

“睡得着睡得着。”

“傻娘子，睡吧。”

一家脂粉铺前。

“夫君觉得奴家用哪种唇脂好看些？”

“娘子生得好看，点不点唇脂都好看，点什么唇脂都好看。”

“奴家自然知道自己生得好看，可是哪种唇脂更能衬得奴家清雅脱俗？”

“唇脂是抹在娘子唇上，要什么样的，娘子决定便好，倘若娘子觉得纠结，便都买了回去，一一试，一日换一样。”

“唇脂一开始是抹在奴家唇上，可到后来不都跑夫君唇上去了吗？”

“咳咳……”

“夫君，奴家想买一盒唇脂。”

“娘子前几日不是才买了十几盒吗？”

“这样，夫君给奴家买一盒奴家亲夫君一下如何？”

“娘子此话当真？”

“当真。”

“掌柜的，每个样式的唇脂都来一盒。”

“咳咳……”

“夫君，你这几日怎的都不惹奴家生气？”

“平白无故好端端的，为夫惹娘子生气作甚？”

“夫君不惹奴家生气，奴家都找不到理由让夫君给奴家买东西。”

“娘子想买什么便与为夫说，必倾囊以博娘子展颜一笑。”

“咳咳……”

“夫君，听闻你们医馆的刘大夫在外头有相好的了？”

“嗯。”

“奴家还听闻刘夫人性情刚烈，不愿与别的女子同侍一夫，一气之下毅然决然与刘大夫和离了？”

“嗯。”

“刘大夫奴家见过几次，老实巴交的，平日里连银子都是交给刘夫人管着的，不似朝秦暮楚见异思迁之人，不想竟会在外头结相好的。”

“刘夫人泼辣苛刻，刘大夫平日吃穿用度皆是分斤掰两，听说有个姑娘便只是给刘大夫买了双鞋，刘大夫便觉春风入怀，感慨早年温柔错付于人，虚度半生才遇着今世真爱。”

“……夫君，你觉得缺什么东西吗？”

“嗯？”

“奴家去给夫君买双新鞋如何？”

“……”

【第十三章】诗词能背成这样，也是个人才。

“娘子近来学习得如何？”

“啊？哈哈，挺好，挺好。”

“那便请娘子解释一下‘逝者如斯夫，不舍昼夜’的意思。”

“呃……嗯……死去的人很像我的丈夫，无论白昼黑夜都很像。”

“……”

“娘子，攻的反义词是什么？”

“母。”

“为夫说的是攻击的攻。”

“奴家说的是母鸡的母。”

“……”

“娘子，最近诗词学得如何？”

“这让奴家如何回答？”

“那为夫便考一考娘子。‘少小离家老大回’后一句是什么？”

“安能辨我是雄雌？”

“那‘双兔傍地走’后一句又是什么？”

“来从楚国游？”

“……娘子背诗背到这等境界，也

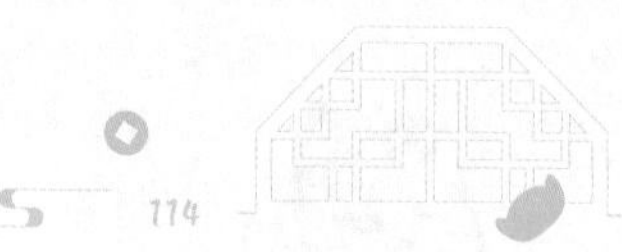

算是个人才。”

“咳咳，夫君谬赞了。”

“……娘子还真当为夫是在夸你。”

“难道不是？”

“……为夫出去顺顺气。”

“……”

“娘子解释一下‘风萧萧兮，易水寒，壮士一去兮，不复还’的意思？”

“冬日寒风刺骨，江河结冰，再强壮的人出门后都不能活着回来。”

“……”

“娘子近来可有读书？”

“自然，奴家前几日才读了《论语》。”

“那‘有朋自远方来’后一句是什么？”

“非奸即盗。”

“……”

“鉴于夫君的谆谆教诲循循善诱，奴家每日都坚持读书练字，不敢有丝毫慵懒懈怠。”

“嗯，娘子近日读了什么书？”

“苏东坡的《前赤壁赋》。”

“娘子可将‘且夫天地之间，物各有主，苟非吾之所有，虽一毫而莫取。’译出？”

“再说那天地之间，万物各有各的

主宰者……”

“嗯，不错，继续。”

“狗不是我所拥有的，即使是一根毫毛也不能拔。”

“……”

“娘子，‘我本将心向明月’，后一句是什么？”

“后一句？夫君可有什么提示吗？”

“与‘落花有意随流水，流水无心恋落花’有异曲同工之妙，句中亦有‘明月’二字。”

“奈何明月瞎了眼？”

“……”

“娘子，为夫最后再考你一次，‘垂死病中惊坐起’后一句是什么？”

“夜深还过女墙来？”

“……都快驾鹤的人了，夜深翻墙去干什么？”

“笑问客从何处来？”

“……这是回光返照吗？”

“不如自挂东南枝？”

“左右都是要死，何必多此一举，去自挂什么东南枝？”

“大约是不堪病痛折磨，求个痛快罢。”

“……”

“还不对吗？夫君且容奴家再仔细想想。”

“嗯。”

“飞入寻常百姓家？”

“……罢了，为夫实在不该考你的。”

“……”

“相对于读诗词歌赋，为夫以为，大约习字比较适合娘子。”

“嗯？”

“娘子可写个成语与为夫瞧瞧？”

研墨，铺纸，提笔，蘸墨，落笔，只见宣纸上四个大字，断断续续、歪歪扭扭。

“夫君，你看，这苍劲有力的笔法，力透纸背，入木三分，犹怒猊抉石，似渴骥奔泉，如绵里裹铁柔中带刚，宛鸾翔凤翥收放有度。是不是颇有颜筋柳骨的大家风范啊？”

“……娘子成语用得不错。”

“夫君谬赞了。”

“但是，为夫学识浅薄孤陋寡闻，却不知有‘哈哈刀哈’这个成语。”

“夫君不认识？这个成语呀，意思是形容对人外表和气，却阴险毒辣。”

“……如何念？”

“笑里藏刀。”

“……”

“请娘子解释一下‘无毒不丈夫’的意思。”

“不狠毒便没有丈夫？”

“……”

“此言虽也有几分道理，但奴家以为，过于狠毒，也会把丈夫毒死的。”

“……”

“虽说女子无才便是德，可为夫还是希望娘子多读点书，多认几个字。”

“为何？”

“因为，人丑就要多读书啊！”

“所以夫君这满腹经纶、学富五车、才高八斗，其实是因为长得丑吗？”

“……”

【第十四章】为夫最为心爱之物，便只有娘子而已。

“娘子将手伸过来。”

“奴家没生病。”

“为夫晓得。”

“那夫君要奴家的手作甚？”

“牵着。”

“咳咳……”

“娘子这是在写什么呢？”

“奴家的闺中密友下月便要成亲了，她家除了她便只有她母亲一人忙前忙后张罗这桩婚事，终归奴家闲着也是闲着，便帮着写写请柬。”

“但是娘子，这新娘与新郎怎的写了你我的名字？”

“呃……这……”

“若是分别用鸡蛋与石头砸夫君的脑袋，什么最疼？”

“自然是为夫的脑袋最疼。”

“不对，是奴家的心最疼。”

“咳咳……”

“夫君，你不觉得忽然有些冷了吗？”

“娘子若是觉得冷，咱们便回屋吧。”

“疏影横斜水清浅，暗香浮动月黄昏。此情此景，诗情画意，甚是美妙，尚无饱览，岂不可惜？”

“那为夫去给娘子拿件披风。”

“……不必。奴家只是想起未出阁时，每次对娘亲说冷，娘亲都会抱紧奴家。夫君，懂了吧？”

“娘子想岳母大人了？”

“……不是。”

“怀念未嫁之时？”

“……你个榆木脑袋，抱一下奴家会死吗？”

“……下次直说。”

一边说一边将某妻抱紧。

“夫君。”

“嗯。”

“夫君。”

“嗯？”

“夫君。”

“娘子何事？”

“闲着没事儿，叫着玩玩。”

“……”

“娘子，过来。”

“嗯？”

“没什么，便是闲着无事，想抱一抱娘子。”

“……”

“夫君笔底生春风，可否将奴家绘入画卷之中？”

“娘子之请，为夫岂有拒绝之理？便请娘子合眼卧于榻上，让为夫描一幅春眠图吧。”

“好。”

“……娘子，可以换个稍微雅观一些的睡相睡姿吗？”

某妻依旧闭眸不动。

“娘子？”

近看才发觉某妻已酣然入睡。

“……蠢娘子，为夫不是叫你真睡。”

“夫君可以教奴家武学功夫吗？”

“娘子平日对这门技艺兴趣寡淡，

如今怎么突然却想学了？”

“奴家就想着，倘若哪日夫君心血来潮动手打奴家，奴家也能还手一二，夫君你说是不是？”

“如此，为夫还是不教了。”

“奴家的意思是：奴家不至于被打得太惨。”

“为夫的意思是：为夫此生绝不会打娘子。”

“诶，夫君你看，这儿有一株含羞草。”

“含羞草叶子受到外力触碰会立即闭合，故得名含羞草。你方才触碰它的叶子却不见其闭合，可见，它并不是含羞草。”

“许是，咱们遇到脸皮厚的含羞草了呢！”

“……是是是，娘子说什么都是对的。”

“嘻嘻。”

“娘子……”

“嗯？”

“含羞草还有一个别名。”

“叫什么？”

“夫妻草。”

“这含羞草却有什么稀奇的，让娘子如此全神贯注？”

“夫君，奴家觉得这株含羞草定是

雄的。"

"……何以见得？"

"它不太害羞。"

"那也未必见得，娘子也不太害羞。"

"……"

"夫君，你在与奴家成亲之前，可有喜欢的姑娘？"

"自然有的。"

"几个？"

"一个。"

"哦……她如今如何了？"

"已嫁作人妇。"

"那……夫君可有遗憾此生不能与她白头偕老？"

"不会，因为她如今成了我的妻子，我们如今举案齐眉琴瑟和鸣，有何可憾？"

"……咳咳。"

"娘子奇思妙想天马行空，为夫都不晓得娘子脑子里想些什么。"

"想夫君你啊！"

"咳咳……"

"咦，夫君你脸红什么？"

"没什么没什么……"

"夫君，你认真看奴家的眼睛。"

"然后呢？"

“看到了什么？”

“眼屎。”

“你……”

“为夫看到了，娘子眸若秋水，满目柔情。”

“……咳咳。”

“除了映雪和阿猫，夫君还喜欢养什么动物？”

“娘子你啊！”

“……”

“奴家从未见过夫君真真切切摆过脸色，也未见过夫君确确实实发过脾气，夫君是从不知忧愁苦恼，还是生来便有这样的好脾性？”

“哪有什么好脾性，不过是一见到娘子，便什么忧愁苦恼都消散了。”

“夫君肩膀怎么这般坚硬，打得奴家手疼……”

“为夫的肩膀是要给娘子依靠一生一世的，焉能柔软？”

“咳咳……”

“娘子，帮为夫收拾收拾，为夫要出诊，去长安医治一个病人。”

“怎的这般突然？什么时候回来？”

“大约半个月之后。”

“这么久……”

“嗯。”

“喔……盘缠、衣物、水囊、干粮……嗯，带把油纸伞吧，免得下雨淋着。还要带什么？”

“娘子你啊！”

“……咳咳。”

“琴棋书画诗酒花中，夫君最喜欢什么？”

“为夫最喜欢的是娘子你。”

“咳咳……”

“夫君，奴家钓了这么许久，怎还不见鱼儿上钩呢？”

“因为娘子的容貌，沉鱼落雁呀！”

“咳咳，难得今日夫君的嘴这样甜。”

“嗯，为夫今日嘴甜，那娘子可要来尝一尝？”

“……咳咳，如此，奴家便却之不恭了。”

“夫君呐，奴家觉得你就像一本书。”

“嗯？教会娘子许多道理，照亮娘子前行的路，让娘子一生获益匪浅？”

“不不不，是看着看着就想睡。”

“……娘子你……咳咳，怎变得如此不端庄矜持了……”

“咳咳，其实奴家就想看夫君脸红的样子。”

“……”

“为夫只是出诊半月罢了，娘子怎的千里迢迢赶来了？”

“奴家想夫君了。”

“为夫便是晓得娘子想为夫，才隔日便给娘子写信的。”

“信里见不到夫君。”

“……唉，可拿你怎么办才好？”

“为夫常常觉得，娘子的思维异于常人，似天马行空。”

“夫君，你晓得奴家听不懂这样深奥难懂的比喻，可以简单直白一些吗？”

“……娘子奇思妙想，好比一只脱缰的狼狗。”

“……你才是狼狗，你全家都是狼狗！”

“……是是是，我全家都是狼狗，我娘子是最凶的那只。”

“……”

“非年非节的，好端端夫君送奴家鲜花作甚？”

“今日入市看到，觉得娇花须得配美人，想起娘子，便买回来了。”

“……咳咳。”

“奴家常常分辨不清，夫君与奴家说的话，究竟哪句是真的，哪句是假的。”

“我心悦你，是真的。”

“咳咳……”

“夫君，你说这天怎么突然就冷了？”

某夫听后了然于胸，将某妻搂于怀中。

“……夫君，你突然抱着奴家作甚？”

“娘子先前不是说为夫不解风情吗？”

“……但是这次，奴家是真的冷，原意是想让夫君帮奴家拿件披风的。”

“……为夫和披风，只能选一样。”

“那，奴家选夫君。”

“夫君，所谓君子远庖厨，你怎的丝毫都不避讳呢？”

“为夫不是什么君子，为夫只是娘子的夫君罢了。”

“咳咳……”

“娘子，夜深了，早些入睡吧。”

“不急不急，奴家有一事不明，想请教夫君，还望夫君不吝赐教。”

“娘子请说。”

“你们男人最讨厌女人穿什么样式的衣裳？”

“别的女人穿什么为夫倒不在意，为夫在意的只是娘子。”

“那夫君讨厌奴家穿什么？”

“此时吗？”

“嗯。”

“衣裳。”

“……”

“夫君。”

“嗯？”

“我可以亲你吗？”

“咳咳，现下不行。”

“奴家方才对夫君说了什么？”

“我可以亲你吗？”

“可以。”

“咳咳……”

“夫君，你夸夸奴家呗。”

“……”

“从前奴家让夫君夸，夫君还会随便敷衍几句，如今却连敷衍都不敷衍了。”

“为夫只是觉得自己不配跟天仙神女说话。”

“咳咳……”

“奴家是一个有原则的人。”

“什么原则？”

“奴家的原则便是看心情。”

“为夫也是一个有原则的人。”

“夫君的原则也是看心情吗？”

“对，看娘子的心情。”

"咳咳……"

"夫君，你睡着了吗？"

"嗯。"

"奴家也是。"

"……"

"夫君，你下床把灯给熄了吧。"

"为夫衣裳刚褪下了，娘子去吧。"

"那夫君先把眼睛给闭上。"

"好。"

"好了，奴家如今衣裳也褪下了，夫君可以下去熄灯了。"

"……娘子你……"

"奴家如何？"

"……勾引为夫。"

"噗……"

"夫君，奴家好看吗？"

"好看。"

"奴家温柔吗？"

"温柔。"

"奴家贤惠吗？"

"贤惠。"

"奴家如此优秀如何就嫁给了夫君呢？"

"因为只有为夫才能把娘子的缺点看成优点。"

"……"

“为夫觉得孩子们是老天给为夫最好的礼物。”

“那奴家是什么？”

“娘子是老天。”

“……”

“夫君，如今物价飞涨，衣裳首饰价格涨了，鸡鸭鱼肉价格涨了，米面果蔬价格涨了……什么都涨了。”

“是啊，为夫对娘子的爱也涨了。”

“咳咳……”

“奴家生气了！”

“娘子莫气，气坏了身子不值当。”

“哼，夫君便是给奴家买衣裳买首饰买脂粉也没用。”

“好好好，不买不买，娘子别生气了。”

“……哼！”

“……好好好，买买买，娘子不要也买。”

“扑哧，死相。”

“为何奴家无理取闹时，夫君不尝试着和奴家讲讲道理呢？”

“毕竟道理和娘子，为夫只能选择一样。”

“咳咳……”

“若奴家今晚不刷碗，夫君当如何？”

“为夫会很生气。”

“那后果会如何？”

“为夫自己去刷。”

“……”

“夫君，奴家脸疼。”

“怎的好端端的脸疼？如何个疼法？为夫给娘子治治。”

“奴家知道如何能治愈。”

“如何能治愈？”

“夫君亲奴家的脸便不疼了。”

某夫闻言忍俊不禁，轻轻吻了一下某妻脸颊。

“娘子感觉好些了吗？”

“没有，另一边脸颊还疼呢！”

“咳咳，如此，想来娘子的丹唇也有些疼吧？”

“嗯？”

某夫勾唇一笑，俯身便是一番绵长深吻。

“夫君，奴家方才无意中将你最心爱之物摔坏了。”

“为夫看看，娘子哪里摔坏了？”

“嗯？”

“为夫最心爱之物，便只有娘子而已。”

“咳咳……”

“夫君，这些都是好东西吗？”

“为夫的东西自然都是好的。”

“比如哪一样？”

“比如为夫的娘子，便是最好的。”

“咳咳……”

“夫君收藏的这些奇珍异宝，哪一件是夫君最珍爱的呢？”

“为夫最珍爱的是娘子。”

“咳咳……”

【第十五章】我们要个孩子吧!

“娘子，你怕生人吗？”

“怕。”

“难怪娘子在生人面前不敢言语。”

“那夫君你怕生人吗？”

“不怕。”

“如此，夫君便为奴家生一个吧！”

“……”

“夫君，咱们生个孩子吧。”

“好。”

“那夫君会喜欢咱们的孩子吗？”

"当然。"

"那不行，夫君只能喜欢奴家一个人。"

"好好好,为夫只喜欢娘子一个人。"

"那奴家生的孩子，夫君凭什么不喜欢啊？"

"……"

"娘子，咱们生个孩子吧。"

"奴家不会。夫君生一个给奴家看看？"

"……为夫又不会生。"

"夫君都不会做的事还叫奴家做？"

"……"

"夫君，你好像什么都会诶。"

"有一样，为夫此生都不会。"

"是什么？"

"离开娘子。"

"还有一样，夫君此生都不会。"

"是什么？"

"生娃娃。"

"……"

"夫君，奴家进门三年，无有所出，虽说爹娘只字未与奴家提过，想是怕说了让奴家难受……夫君要不纳个妾室吧。"

"纳什么妾，你我都尚年轻。"

"话虽如此，但不孝有三，无后为

大。”

“道理为夫自然晓得。为夫只怕纳了个厉害的，无端让娘子受气。”

“咳咳……”

“夫君，爹是不是想抱孙子了？”

“从未听父亲向为夫提过此事，父亲何时与娘子说了？”

“夫君晓得，爹这个人素来含蓄委婉，哪里会明说？”

“那娘子是如何得知？”

“奴家看到爹近来整日抱着本《孙子兵法》，不是想抱孙子是什么？”

“……”

“夫君，你觉得这个荷包好看还是那个好看？”

“娘子别动。娘子你流血了，是不是小产了？怎的怀孕了也不告诉为夫？”

“什么，流血了？！”

“娘子莫怕，好在为夫便是个大夫，为夫这便带娘子回家瞧瞧。”

“哎哎哎，夫君莫着急……这光天化日大庭广众的，夫君如此抱着奴家奔走于市多不像话……”

“此番什么也顾不得了，娘子要紧。”

“可奴家确实没有怀孕……”

“那为何好端端的流血了？”

“约莫是来癸水，漏了。”

“……”

“夫君，奴家老是想吐，是不是怀孕都这般恶心难受？”

“因人而异。”

“奴家觉得夫君不如以前待奴家那般关怀备至了。”

“怎会？娘子如今可是为夫的心肝宝贝。”

“可奴家为何觉着肚子里头的才是夫君的心肝宝贝，奴家就是一个宝盒。”

“……”

“夫君怎的烧了这么多道菜，可是家里待会儿有客来访吗？”

“家里不是又添了一口子吗？”

“在何处？”

“在娘子的肚子里呀！”

“咳咳……”

冬至将至，夫君可想换衣裳鞋袜？
为夫想换个娘子。
（亮刀）你确定？

夫君，奴家女红做得如何？
鸡绣的不错，栩栩如生。
奴家绣的是凤凰！

为夫外出采药，娘子在家顾好自己。
倘遇麻烦，怎生是好？
只须拍胸，娘子便能装成汉子了。

夫君不吃奴家剩下的菜，已无恩爱？
为夫倒也想，可娘子碗里有剩？
没有。

卷三：
日常·熊孩子篇

【第十六章】这些父母都会问的问题，这样回答！

某妻：“孩儿，你想不想有个弟弟或是妹妹，会陪你玩，当你的小喽啰。”

男娃：“好吃的会被分一半这事阿娘怎么不说？”

某妻：“……”

某妻：“孩儿，你觉得阿爹好还是阿娘好？”

女娃：“呃……”

某夫：“孩儿说实话便好，不必拍你阿娘的马屁。”

某妻：“……”

女娃：“孩儿觉得阿娘好。”

某妻：“咳咳，我孩儿自小慧眼识人，必定前途无量。”

某夫：“……”

女娃：“因为阿娘嫁了个好夫君。”

某夫：“咳咳，我孩儿自小慧眼识人，必定前途无量。”

某妻：“……”

某妻：“孩儿，你觉得阿爹与阿娘哪个更好看些？”

女娃：“孩儿觉得自己更好看些。”

某夫："……"

某妻："……"

某妻："倘若阿娘想再生个娃娃，孩儿们想要个弟弟还是妹妹？"

男娃："弟弟吧，妹妹我已经有一个了。"

女娃："弟弟也行，阿猫是个男子，生不了小阿猫，阿娘生了小弟弟后，可否顺便给孩儿生只小阿猫玩玩？"

某夫："……"

某妻："……"

男娃："……"

阿猫："……"

【第十七章】原来皮孩子都是这样的，不分男女古今。

女娃："嘤嘤嘤，阿爹，阿娘方才打孩儿了。"

某夫："你阿娘打你，你不晓得跑吗？"

女娃："阿娘打阿爹，阿爹不也是不敢跑吗。"

某夫："……"

女娃："阿娘，为何有人养猪呀？"

某妻："自然为了吃猪肉。"

女娃："那养鸡鸭呢？"

某妻：“自然也是为了吃鸡肉鸭肉。”

女娃：“那阿娘阿爹养孩儿与哥哥也是为了吃我们的肉吗？”

某妻：“……”

某妻：“孩儿乖，将这碗汤药喝了，阿娘便去给你买一串糖葫芦。”

女娃：“阿娘此话当真？”

某妻：“自然当真。”

女娃：“那阿娘去给孩儿熬十碗汤药吧！”

某妻：“……”

某妻：“阿娘好不好看？”

女娃：“……”

男娃：“……”

某妻：“俗话说，狗不嫌家贫，子不嫌母丑。”

女娃：“那孩儿不是儿子，可以嫌阿娘丑咯？”

男娃：“……”

某妻：“……”

男娃：“阿爹，你没事便多陪陪阿娘。”

某夫：“这是自然，此事还需你来教我？”

男娃：“省得阿娘闲得发慌打孩儿和妹妹玩。”

某夫：“……”

某妻：“常言道，勤能补拙，又言笨鸟先飞。你再不用功，便会远远落于人后了。”

女娃：“那么阿娘，孩儿若是勤奋了，不就是承认自己是笨鸟了吗？”

某妻：“……”

男娃：“阿娘，孩儿前几日看了一本书，里面有一个恶婆婆动辄便打骂儿媳妇，阿娘会不会这般？”

某妻：“你祖母对阿娘这般好，何时打骂过阿娘？”

男娃：“不是，孩儿是说阿娘日后会不会打骂孩儿的媳妇儿？”

某妻：“……”

某妻：“吃一点这个菜。”

女娃：“阿娘，孩儿不喜欢吃这个。”

某妻：“什么菜都要吃一些，挑食不好，会发育不良的。”

女娃：“那阿娘小时候定然比孩儿还要挑食了。”

某妻：“何以见得？”

女娃：“阿娘如今便是一副发育不良的模样。”

某妻：“阿娘哪里发育不良了？”

女娃：“阿娘低头瞧瞧自己的胸。”

某妻：“……”

某妻：“昨日才买回来放莲缸里的锦鲤鱼怎么今早便死了一条了？”

女娃：“大约是它不识水性，淹死了吧？”

某妻：“……”

女娃：“阿娘你要做什么呀？”

某妻：“阿娘煲乌鸡枸杞汤。”

女娃：“阿娘，这是什么？”

某妻：“这是枸杞。”

女娃：“喔，孩儿还以为是刚出生的红枣呢！”

某妻：“……”

女娃：“阿娘，你拎这一篮子果子沉不沉？”

某妻：“孩儿这般问，是心疼阿娘，怕阿娘累着吗？”

女娃：“嗯嗯。阿娘，你让孩儿吃几个，便不会这样沉了。”

某妻：“……”

某妻："儿啊，阿娘看上了一盒胭脂，你有银子吗？"

男娃："叫阿爹。"

某妻："……阿爹。"

男娃："……孩儿的意思是：叫阿爹给。"

某妻："……"

女娃："阿娘莫用这般眼神看孩儿，孩儿囊中羞涩，阿娘便是唤孩儿祖宗，孩儿也是掏不出银子给阿娘的。"

某妻："……"

某妻："儿子，你要给妹妹做个好榜样。"

男娃："可妹妹不听孩儿的话。"

某妻："那便说明你是个没本事的人。"

男娃："那她也不听阿娘的话啊！"

某妻："……"

女娃："阿爹，无论如何，你都不要打阿娘。"

某夫："阿爹自然知道。你心疼你阿娘？"

女娃："不是，孩儿是心疼阿爹，毕竟你打不过阿娘。"

某夫："……"

某妻："孩儿听话，阿娘给你买糖葫芦。"

女娃："阿娘，孩儿如今已经长大，不是小孩子了，一根糖葫芦已哄不了孩儿了。"

某妻："果真？"

女娃："嗯，要三根才能了。"

某妻："……"

女娃："阿娘，乌鸦反哺是何意？"

某妻："据说乌鸦这种鸟在母亲的哺育下长大后，当母亲年老体衰，不能觅食或是飞不动之时，其子女便会四处寻找虫子或是别的食物，衔回来喂到母亲的口中，以此回报母亲的养育之恩，并不厌其烦，一直到乌鸦母亲临终，再也吃不下食物为止，此便是人们常说的乌鸦反哺。倘若阿娘老了呢？"

女娃："乌鸦尚能如此知恩图报，孩儿自然要比乌鸦做得更好才能报阿娘的大恩呀！"

某妻："那孩儿待如何报答阿娘？"

女娃："孩儿捉大虫子给阿娘吃。"

某妻："……"

某妻："孩儿看阿娘这身衣裳好看吗，你猜花了多少银子？"

女娃："一看便知道很贵。"

某妻："孩儿从哪儿看出来很贵？"

女娃："阿娘阿爹出门时，我瞧见阿爹的荷包鼓鼓的，归来却空空如也，便晓得这衣裳不便宜了。"

某妻："……"

女娃："阿爹，孩儿好想你，阿爹不在这几日孩儿整日茶不思饭不想，衣带渐宽形容消瘦？"

某夫："说人话。"

女娃："孩儿真的是因想念阿爹才吃不下饭的。"

某夫："嗯？"

女娃："阿娘做的菜太难吃了。"

某妻："……"

女娃："我听闻东巷朱赖子去花楼被他媳妇拖回家打掉了一只门牙。"

男娃："西街邢婆婆的二儿子也去了花楼，邢婆婆知道后直接气晕过去，至今卧床不起。"

男娃："所谓家门不幸，大约便是如此。"

女娃："咱们家一个逛花楼的都没有。"

某妻："可不是，你们阿爹自己不去便罢，还不许阿娘去。"

某夫："……"

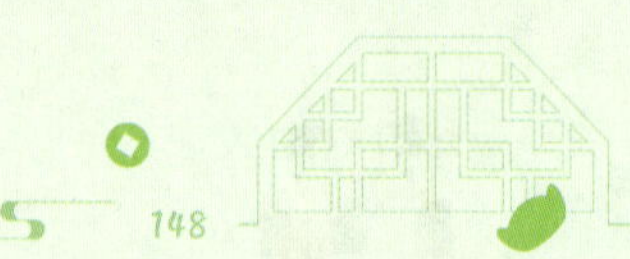

男娃："……"

女娃："……"

女娃："邢二婶生的女娃娃粉雕玉琢的，可爱得紧呢！"

男娃："是了是了，阿娘，邢二婶为何给她起个小名叫橘子呀？"

某妻："因为她阿娘在怀孕的时候特别喜欢吃橘子，是以起名叫橘子。"

女娃："那孩儿如何没有这么好听又有纪念意义的小名呀？"

某夫："因为你阿娘在怀你的时候，特别喜欢吃猪头肉。"

女娃："……阿娘，此事当真？"

某妻："千真万确。"

某夫："幸亏阿爹舍命相抗，你阿娘才未得逞。"

女娃："阿爹请受孩儿一拜。"

某夫："莫说这些虚的。"

女娃："阿爹大恩大德，孩儿无以为报，唯有来世再给阿爹当一回孩子了。"

某夫："……"

女娃："阿爹阿娘，孩儿有个同窗的阿爹阿娘和离了。"

某妻："所以呢？"

女娃："两边的大人都觉得愧对她，

便给她买许多玩具、衣裳还有吃食，着实让人眼红。"

某夫："所以呢？"

女娃："孩儿想，要不阿爹阿娘你们也和离算了。"

某妻："……"

某夫："……"

某妻："呐，给你。快告诉阿娘，你阿爹说了什么？"

女娃："阿爹说，鸢儿，去扫一下庭院。"

某妻："然后呢？"

女娃："没有了。"

某妻："……"

女娃："阿娘，可以给孩儿一两银子吗？"

某妻："没有。"

女娃："倘若阿娘给孩儿银子，孩儿便告诉阿娘，阿娘不在的时候阿爹对鸢儿姐姐说了些什么。"

女娃："阿娘，有个男同窗天天找茬欺负孩儿，气死了。"

某妻："那孩儿可有想出什么办法对付他吗？"

女娃："孩儿决定及笄后便嫁与他，不给他银子，不高兴了便逛街买东西，生气了让他跪搓衣板，用阿娘对付阿爹的手段对付他。”

某妻：“……”

某妻：“吃到好吃的记得要分享，孩儿知道吗？”

女娃：“知道。”

某妻：“那孩儿下次吃到好吃的了，晓得如何做吗？”

女娃：“孩儿会说这个很难吃。”

某妻：“……”

某妻：“孩儿你记住，不懂便问，多问便懂了。”

女娃：“阿娘希望孩儿做个问题少女吗？”

某妻：“……”

女娃：“阿娘，孩儿的房里有蚊子，阿娘你看，咬了孩儿好几个包。”

某妻：“阿娘去帮你熏些驱蚊的香料，香料会发出特别的味道，蚊虫闻了害怕，便不会来咬了。”

女娃：“阿娘，孩儿还是很担心，万一它们捏着鼻子来咬孩儿可如何是好？”

某妻：“……”

某妻："若是哪天阿娘想不开意欲轻生，你们待如何？"

女娃："那要看阿娘轻生的方式了。"

某妻："怎么说？"

女娃："若是悬梁，孩儿可帮阿娘搬搬凳子；若是割腕，孩儿便帮阿娘寻一把锋利一些的刀……"

某妻："……你不是我亲生的。"

女娃："孩儿早该猜到，似孩儿这般聪颖的孩子，亲娘如何会这般蠢。"

男娃："……从前孩儿为阿爹的毒舌功夫深深折服，如今妹妹青出于蓝胜于蓝，果然是长江后浪推前浪，前浪死在沙滩上。"

某夫："咳咳，惭愧惭愧。"

某妻："……"

某妻："夫君，你爱奴家吗？"

某夫："娘子看上的衣裳、脂粉和首饰，为夫都已经买了。"

女娃："阿爹，你爱孩儿吗？"

男娃："……"

某夫："乖，小孩子不能吃太多糖葫芦，牙齿会坏。"

女娃："哼，阿爹偏心，给阿娘买东西却不给我买糖葫芦。"

男娃："因为阿爹不给阿娘买衣服的话，阿娘便不许阿爹进房里睡。"

女娃："原来如此。阿爹，你若是

不给孩儿买糖葫芦，孩儿也不许阿爹进孩儿房里睡。"

男娃："……阿爹又不睡你房里。"

女娃："……哥哥你说得是。阿爹，你若是不给孩儿买糖葫芦，孩儿便不许阿爹进阿娘房里睡，阿爹你自己看着办吧。"

某夫："……"

某妻："锄禾日当午，汗滴禾下土。农民伯伯辛辛苦苦种出来的粮食和蔬菜，你却吃剩了这么多，竟不觉得心中有愧吗？"

女娃："谁知盘中餐，粒粒皆辛苦。农民伯伯辛辛苦苦种出来的粮食和蔬菜，阿娘却做得这般难吃，竟不觉得心中有愧吗？"

某妻："……"

男娃："此事确是哥哥不对，妹妹且原谅哥哥这一回吧。"

女娃："不原谅。"

男娃："妹妹，你不会想把我揍扁吧？"

女娃："不晓得，我打人从来不考虑形状问题。"

男娃："……"

某妻："孩儿，你觉得阿爹好看还是阿娘好看？"

女娃："自然是阿娘好看。"

某夫："先前阿爹也这般问你，你可都是说阿爹好看的，怎的如今却又临阵倒戈了？"

女娃："因为后来孩儿听大家皆说孩儿长得像阿娘。"

某夫："……"

某妻："……"

某妻："夫君，都这个时辰了，孩儿们还不肯睡下，如何是好？"

某夫："为夫去哄女儿睡，儿子便交与娘子了。"

某妻："好。"

男娃房内。

某妻："儿子，你阿爹去陪你妹妹睡了，阿娘便睡不着了，你能不能来哄阿娘入睡？"

男娃："唉，阿娘你说你，都这么大个人了，还让人操心，这以后孩儿若是娶了媳妇儿了，谁来哄你睡觉？"

某妻："……"

女娃："阿爹，今日夫子生病了没来学堂，所以银子没有交，孩儿带回来了。"

某夫：“早间明明是给你一整锭二两银子的，现在怎的都变成碎银子了？”

女娃：“孩儿拿银子时不小心弄掉地上，摔碎了。”

某妻：“那怎么好像少了。”

女娃：“大概是摔得太散了，孩儿漏捡了吧。”

男娃：“……那你手里的糖葫芦哪来的？”

女娃：“这……这是卖糖葫芦的爷爷送给我的。”

某妻：“你说谎也不晓得打一下草稿吗？”

女娃：“孩儿……孩儿现在便去。”

某妻：“去作甚？”

女娃：“打草稿。”

某妻：“……”

某夫：“……”

男娃：“……”

女娃：“这些枣泥拉糕，请阿娘一次吃完。”

某妻：“今日莫非是太阳打西边出来了，孩儿这般懂事，竟舍得给阿娘这么大一块糕点吃？”

女娃：“阿爹跟孩儿说一日只能吃一小块，吃多了会中毒，是以孩儿让阿娘先吃一大块，看看阿娘会不会死。”

某妻：“……”

某妻:“孩儿，你吃甜瓜便好好地吃，照镜子作甚？”

女娃：“阿娘你不晓得吧，如此便可以吃两个啦！”

某妻：“……”

某妻：“……”

某夫：“咳咳……娘子，为夫可什么都没说。”

某妻：“……”

【第十八章】世间有一说法，家人相处名曰互怼！

女娃：“阿爹，你压到孩儿了。”

某妻：“……我是你阿娘。”

女娃：“啊，怎的是阿娘？方才孩儿不小心摸到阿娘的胸脯，一马平川，还以为是阿爹呢！”

女娃：“每每熄灯后便分不清哪个是阿爹哪个是阿娘，因为胸脯都一样平坦。”

某妻：“……”

某夫：“都怪阿爹没用，长不出胸来，让孩儿连父母都分辨不出。”

某妻：“夫君晓得便好，也不必太过自责。”

某夫：“……”

女娃："……阿爹，你家娘子真是善解人意。"

某夫："……你家阿娘也是。"

某妻："……"

女娃："阿娘，孩儿觉得自己不像是阿娘亲生的。"

某妻："……阿娘做了什么让孩儿这样以为？"

女娃："孩儿就觉得孩儿与阿娘生得不太像。"

某妻："谁说不像？"

女娃："孩儿明明比阿娘好看。阿爹你说是不是？"

某夫："嗯嗯，孩儿审美不错。"

某妻："……你是你阿爹亲生的，与你阿爹一般毒舌自恋。"

女娃："阿爹，孩儿觉得阿娘其实挺好的。"

某夫："所以孩儿要好好待阿娘，不要惹她生气。"

女娃："啧啧，阿爹这样说，好似自己不惹阿娘生气一般的。"

某夫："……"

某妻："孩儿，倘若阿娘与阿爹和离了，你们想跟谁？"

女娃："我跟阿爹。因为左右阿爹

还有许多姑娘争着要嫁的，而阿娘指不定就没人会娶了，阿娘只身一人尚难再嫁，拖家带口怕是再嫁无望了。”

某夫：“嗯，孩儿，你很勇敢。”

某妻：“……”

男娃：“我跟阿娘。”

某妻：“阿娘果然没有白疼你。”

男娃：“孩儿只是觉得，阿娘身边总要有个人照顾的，阿爹你说是不是？”

某夫：“是。”

某妻：“儿子果然长大懂事了……”

男娃：“待孩儿给阿娘寻到好夫婿了再来找阿爹。”

某夫：“噗，咳咳咳……”

某妻：“……”

某夫：“我发现你们说话我已经插不上什么话了。”

女娃：“因为阿娘的智商只有5岁，我们聊起来不会太吃力。”

某妻：“……”

男娃：“妹妹你怎么说话呢？”

某妻：“到底还是儿子懂事。”

男娃：“阿娘的智商分明只有3岁。”

某妻：“……”

女娃：“阿娘，孩儿有一个问题一直想不明白。”

某妻：“什么问题？”

女娃：“为何阿娘这般蠢的人能生

出这般天资聪颖的孩子？”

男娃：“阿娘，孩儿亦有此惑。”

某妻：“……”

某夫：“因为阿爹的智商是阿娘的几倍啊！”

某妻：“我的智商是负数。”

某夫：“……”

女娃：“……”

女娃：“阿娘，孩儿常常觉得，孩儿与阿娘交流便如鸡同鸭讲一般。”

某妻：“好端端的，怎么自轻自贱，将自己比作禽兽？”

女娃：“……”

男娃：“阿娘，孩儿很惊奇，阿爹阿娘竟会走到了一块。”

某妻：“传说有个主管世间男女婚缘的月下老人，在冥冥之中以红绳系男女之足，以定姻缘。”

女娃：“孩儿听说西方有个叫丘比特的小爱神，他的金箭同时射入两颗人心便会使这两个人产生爱情。”

某夫：“大约是那小爱神射箭时偏得离谱，将阿爹的眼睛射瞎了，于是阿爹便同阿娘在一起了。”

某妻：“……”

男娃：“……”

女娃：“……”

女娃："为何品性完全不同的阿爹阿娘在一起了？"

男娃："世间有一说法，名曰'互补'。"

某夫："是了。你们阿娘哪哪都不好，于是上天将阿爹送给了阿娘，阿爹哪哪都好，于是上天把阿娘塞给了阿爹。"

某妻："……夫君你说得对。孩儿去帮阿娘找找搓衣板。"

女娃："早间不是才洗过衣裳吗？"

某妻："你们阿爹膝盖约莫有些痒了。"

男娃："……阿爹，自求多福。"

女娃："……壮士，一路走好。"

某夫："……"

女娃："阿娘，这食箸怎的越来越黑了？"

某妻："我买的时候，那掌柜的说是纯银的。"

男娃："可是阿娘，纯银的如何会黑成这般模样？"

女娃："大约是咱们吃的饭菜有毒。"

某妻："……"

某夫："是了，娘子你确是烧过几次菜来着。"

某妻："……"

女娃："阿娘，阿爹呢？"

某妻："你每次就会阿爹阿爹的，

有什么事就不能和阿娘说吗？”

女娃：“孩儿想买块枣泥拉糕。”

某妻：“……你阿爹在与你小舅舅下棋呢，去吧，别妨碍阿娘做饭。”

女娃：“……”

男娃：“阿娘，今日我们哪个惹您不开心了？”

某妻：“孩儿哪里看出来阿娘生气了？”

男娃：“阿娘不生气，此番掌厨做菜是想惩罚谁？”

某妻：“……”

女娃：“方才孩儿听闻有人说阿娘的话里爱掺水，真是胡说八道。”

某妻：“难得见你这般为阿娘愤愤不平。”

女娃：“毕竟阿娘说话从来都是添油加醋的。”

某妻：“……”

某妻：“孩儿们，快吃饭，阿娘特意下厨给你们做的，凉了便不好吃了。”

女娃：“阿娘，不碍事的，左右热的也不好吃。”

某妻：“……”

女娃："阿娘，我们放在天上的这个孔明灯要多少银子一个呀？"

某妻："五十文。"

女娃："这也要五十文呀，还不如将银子给孩儿呢！"

某妻："给你，你能上天吗？"

女娃："……"

某夫："娘子，为夫想让女儿去学箜篌或是琵琶，提高一下气质内涵。"

某妻："那般复杂的乐器她哪里学得会，不如让她去学敲木鱼好了。"

女娃："……"

某夫："……"

男娃："巢里有三只雏鸟。"

女娃："不晓得它们的阿爹阿娘去哪儿了？"

某妻："你们快些把鸟儿放好，你们阿爹托着我们挺吃力的。"

女娃："可孩儿还想再看看。它们好像是饿了，真可怜。阿娘可否给它们喂一下奶？"

某妻："……阿娘实在爱莫能助。"

男娃："妹妹莫要为难阿娘。"

某夫："是了，毕竟你们两个都是喝牛乳长大的。"

某妻："……你们再看一个时辰吧。"

女娃："阿爹不累吗？"

某夫："我……"

某妻："你们阿爹说了，他不累。"

某夫："……"

女娃："阿娘做菜这般难吃，阿爹当初娶阿娘之前知晓吗？"

某夫："彼时阿爹志学之年，在医馆当学徒，你阿娘才是金钗豆蔻的年华，总是去医馆给阿爹送饭菜，日日换着口味，从不重样，医馆里的师兄弟都羡慕阿爹，说她年纪虽小，却是蕙质兰心内外兼修，如花似玉上得厅堂，心灵手巧下得厨房，可至成亲阿爹才知晓，你外祖父家原是开饭馆的。"

女娃："……阿娘这般，确是不太厚道了。"

某夫："亏得她当年不厚道，不然哪有如今的你？"

女娃："有没有孩儿都不要紧，阿爹幸福才是要紧事。"

某夫："你哪只眼睛看见阿爹不幸福了？"

厨房某妻独自忙上忙下不亦乐乎。

某妻："夫君，奴家新研究了菜式，你快过来尝尝。"

某夫："……为夫这便过去。"

女娃意味深长看着某夫。

女娃："阿爹，你扪心自问，你当真幸福吗？"

某夫："……"

女娃："倘若孩儿长大嫁人了，阿娘会不会感慨自己辛辛苦苦种了十几年的白菜被猪拱了？"

某妻："不晓得，阿娘种的是仙人掌。"

女娃："……"

男娃："阿嚏——"

女娃："哥哥可是着了风寒了吗？"

男娃："嗯。"

女娃："含着水一会儿便好了。"

男娃："谁告诉你的？"

女娃："阿娘。"

男娃："……阿娘什么时候同你说的？"

女娃："阿娘给我沐浴时都让我含着水，说如此便不容易着风寒了。"

男娃："阿娘骗你的。"

女娃："可是阿娘为什么要骗我呢？"

男娃："你沐浴时最喜引吭高歌，不止跑调还难听。"

女娃："……阿猫，果真如此吗？"

阿猫："汪。"

女娃："……"

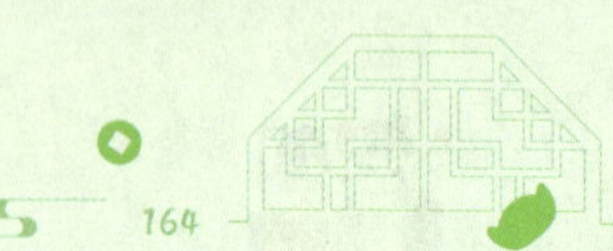

【第十九章】世间又有一说法，家人相处名日趣味横生！

某妻：“今日是阿娘生辰，孩儿可有准备礼物送给阿娘？”

男娃：“孩儿买了对玉兔捣药耳坠，望阿娘不要嫌弃。”

某妻：“孩儿有心了。”

男娃：“妹妹你呢？”

女娃：“我……我……我没买……”

男娃：“前几日阿爹明明特给了你我各十两银子为阿娘置买生辰礼物的，妹妹你今日还想不到买何物吗？”

女娃：“我……我看东巷有个老爷爷很可怜，大人们都不理他，我便每日去看他，然后给他点银子，然后便没了……”

男娃：“你说的，是卖糖葫芦那个老爷爷吧？”

女娃：“咳咳……”

某妻：“……”

女娃：“……阿娘，您揍我一顿吧，权当是孩儿送您的礼物，只要您开心。”

男娃：“……”

某妻：“……阿娘嫌手疼。”

女娃：“那阿爹代阿娘收也是可以的。”

某夫：“……阿爹若是敢打你，你阿娘怕是要揭了阿爹的皮的。”

某妻："夫君明日又要出远门吗？"

某夫："嗯。"

女娃："阿爹几时回来呢？"

某夫："大约十日后。"

男娃："还好。"

某夫："嗯，好好照顾你们阿娘。"

男娃："……"

女娃："……为何不是阿娘好好照顾我们？"

某夫："你们晓得，你们阿娘她没有这个能力。"

男娃："……诚然。"

女娃："……也是。"

某妻："……"

女娃："阿娘，孩儿听闻，越是美貌的人脾气越大。"

某妻："大约似乎好像是有这么个说法。"

女娃："可阿娘却是例外，阿娘是既生得好看，脾气又好。"

某妻："自然。"

女娃："嗯，阿娘，我方才去你房里时不小心将你最喜欢的琉璃花樽打碎了。"

某妻："你，且再说一遍。"

女娃："阿娘是既生得好看，脾气又好。"

某妻："……阿娘原谅你了。"

男娃："……承蒙了。"

某夫："……受教了。"

女娃："阿娘，你便能忍心看孩儿一个人在这里洗碗箸吗？"

某妻："那……阿娘便回里屋睡一会儿。"

女娃："……"

男娃："阿爹。"

某夫："孩儿来医馆作甚？"

男娃："出来走走。"

某夫："你阿娘与你妹妹呢？"

男娃："阿娘在家闲得慌，如今带着妹妹正在钓鱼呢！"

某夫："阿爹带你阿娘去钓鱼皆是满载而去，空手而归，你阿娘还作痛心疾首状，说都怪她姿容无双、沉鱼落雁。"

男娃："此次与以往不同，阿娘是真的钓到了。"

某夫："真是稀罕事，她们钓了多少了？"

男娃："4 尾。"

某夫："哪日阿爹得空也去钓。"

男娃："没有了，都让阿娘和妹妹钓完了。"

某夫："她们在哪里钓的？"

男娃："院子里。"

某夫："荷塘？"

男娃：“不是，莲缸。”

某夫：“……”

某夫：“孩儿们，吃饭了。”

女娃：“阿爹，孩儿要去拉屎。”

男娃：“妹妹，食桌上说话用词须得文雅些。”

女娃：“那……我去给茅厕送饭。”

男娃：“……”

某夫：“……”

某妻：“夫君，奴家也要去……”

某夫：“也要给茅厕送饭？”

某妻：“送菜。”

某夫：“……”

某妻：“夫君，你若要纳妾，务必要等孩儿们长大再纳。”

某夫：“为何要等孩儿们长大？”

男娃：“莫不是阿娘怕我们年纪尚小，心理会受到不好的影响？”

女娃：“我发现阿娘今日散发着无比耀眼的母爱光芒……”

某妻：“不是，奴家只是怕自己一个人打不过她。”

某夫：“……”

女娃：“……”

男娃：“……”

女娃：“阿爹，你是不是很怕阿娘？”

某夫："当然不是。"

女娃："孩儿从来只见过阿娘打阿爹，却不见阿爹敢打阿娘。"

某夫："今日阿爹便打一次给你瞧瞧。"

男娃："阿爹，你出门那几日，有两个红娘分别替两户人家的闺秀碧玉来家里说亲了。"

某夫："说亲？你要娶媳妇了吗？"

男娃："……阿爹你严肃点。"

女娃："给阿爹说的，阿爹你这个招蜂引蝶不守夫道的妖艳贱货浪蹄子，在外面乱惹桃花。"

某夫："……此事你们阿娘该是沉不住气了吧？"

男娃："对，还有让阿爹比阿娘更沉不住气的。"

某夫："何事？"

女娃："便是我们要说的坏消息。阿爹你猜，往最坏处猜。"

某夫："你们阿娘将那两位姑娘都收了？"

男娃："比这个更坏的。"

女娃："孩儿只晓得阿娘一向小气善妒，不想她为了能一个人霸占阿爹竟这般豁得出去。"

某夫："你们阿娘她怎么了？"

男娃："阿娘为了阿爹，可谓破釜沉舟了。"

某夫："究竟怎么了？"

女娃："阿娘她为避免日后还有媒婆给阿爹说亲，便造阿爹谣。"

某夫："造谣阿爹一年到头不洗澡？脚臭无比？眠花宿柳？动辄打骂？"

男娃："不是。"

某夫："莫非还有比这个更令女子难以接受的吗？"

男娃："对。"

某夫端起茶杯，将茶水送入口中。

女娃："阿娘彼时声泪俱下，可谓令闻者伤心，听者流泪，真真是我见犹怜……"

某夫："……说重点。"

女娃："阿娘说阿爹你不举。"

某夫一口茶水喷出。

男娃："说阿爹其实是个绣花枕头，中看不中用。"

某夫内心五味杂陈，脸色由红转绿，由绿转白，由白转黑，抬眼却见某妻满面春风阔步而归。

某夫："娘子，你即便那样说也不会有人相信的，毕竟咱们有这么大两个孩子呢！"

某妻："对呀，所以奴家说夫君是近两年来才开始不举的。"

某夫："……"

男娃："妹妹，不知你发现没有，若是阿娘生气了，阿爹便要买东西才能

哄好。”

女娃:“嗯嗯，但若是阿爹生气了，阿娘只要生更大的气便好了。”

某夫:“娘子你听，孩儿们都看得这般透彻。”

某妻:“咳咳，夫君，奴家常去那家衣裳铺子新出了些衣裳……”

某夫:“娘子为何欲言又止欲说还休?”

某妻:“奴家，怕是要生一回气了。”

某夫:“……”

某妻:“今日孩儿生辰，孩儿可有什么愿望吗?”

女娃:“孩儿想要一块枣泥拉糕。”

某妻:“你的愿望太小了，应该许一个更大的。”

女娃:“那孩儿要一块大的枣泥拉糕。”

某妻:“……”

男娃:“我方才经过集市看到有个婆婆卖灌汤包，知道阿娘和妹妹都喜欢吃，奈何我只有买一个的银子，你们，谁吃?”

某妻:“咳咳，孩儿你还记得孔融让梨的故事吗?”

女娃:“……孩儿忘了。”

某妻："这般简单易记的故事你都记不住，还好意思吃这么多？再去看一遍。"

男娃："……"

女娃："……"

某妻："吃好了便去做课业吧。"

女娃："夫子说了，饭后不宜看书写字。"

某妻："那你去洗碗箸。"

女娃："夫子还说了，饭后不宜做体力劳动。"

某妻："……饭后不宜不要脸，快去洗碗箸。"

女娃："……"

某妻："公公年纪大了，耳力也不比从前好了，婆婆同他交流可有不便？"

祖母："其实如今与从前也无甚区别。唯一不同的是，我对他说话，从前，他不听，如今，他听不见。"

某妻："……"

女娃："阿娘，这药太苦了，孩儿可以不喝吗？"

某妻："良药苦口，再说谁叫你睡觉不安分，蹬被子。你自己选，是你自己喝呢，还是阿娘灌呢？"

女娃："……还是阿娘灌吧，孩儿自己实在喝不下去。"

某妻："……"

某妻："我方才说的战略你们都记住没有？"

女娃："嗯。只是，阿娘，我们真的要穿成这样？"

某夫："……娘子，你其实不必一副如临大敌视死如归的神情。"

阿娘："你懂什么，如此才更能震慑敌方。"

男娃："……不就是在家抓几只偷吃粮食的耗子，阿娘你至于这般兴师动众大动干戈吗？"

某妻："咳咳……"

邢二婶："你夫君要是与你吵架，万万莫急着去责怪他，当先反省自己。倘若真是自己的错，再好好想想如何推卸给他，倘若真的推卸不了，再仔细想想他以往的不好，然后推卸给他。"

某妻："……"

某妻："瞧你这胳膊上的淤青，怎么和别人打架了？阿娘平日里是怎么教

导你的？”

男娃：“可是他骂人。”

某妻：“俗话说得好：忍一时风平浪静，退一步海阔天空。”

男娃：“可是他骂的是阿娘你啊！”

某妻：“……孩儿打得好。”

女娃：“……”

某夫：“……”

某妻：“孩儿打他脸了吗？”

男娃：“没有。”

某妻：“下次他再这样，孩儿便打他的脸。”

某夫：“……有娘子这般教导孩子的吗？”

某妻：“……夫君你说得是。孩儿，下次他再这样，你爱打哪儿便打哪儿。”

某夫：“……”

女娃：“……”

某妻：“……”

邢二婶：“你真是好福气，儿女双全，儿子沉稳聪颖，女儿活泼可爱。”

某妻：“哪里哪里，你的女儿才是真的讨人喜欢呢！”

女娃：“……阿娘，邢二婶夸的是孩儿与哥哥，又不是夸阿娘，阿娘谦虚什么呀？”

阿娘：“……”

邢二婶："怎的家里只有你一个人，你阿爹阿娘和哥哥去哪里了？"

女娃："我阿爹带阿娘去集市买东西了，哥哥约了小姑娘去放纸鸢了。"

邢二婶："那你怎的自己一个人在家洗衣裳？你阿娘竟没一并帮你洗了吗？"

女娃："阿娘原本想帮我洗来着，我阿爹心疼，舍不得让阿娘洗，哥哥呢，为了赴小姑娘的约，天不亮便爬起来将自己的衣裳洗了。我还小，还没有丈夫，只能自己洗。"

邢二婶："……"

女娃："二婶，你的衣裳都洗了吗？"

邢二婶："洗了，你邢二叔洗的。"

女娃："……有丈夫真好，不用洗衣裳。"

邢二婶："……"

女娃："阿娘，动物们死了后会去哪里呢？"

某妻："那便要视情况而定了。"

女娃："可是看它们听不听话吗？"

某妻："是看它们好不好吃。"

女娃："……"

女娃："哥哥，我的糖葫芦都吃完了，你还没开始吃吗？"

男娃："你还想吃？"

女娃："嗯。"

男娃："那我给你吃一个吧。"

女娃："哥哥，糖葫芦吃多了牙齿会坏的哦！"

男娃："我知道。"

女娃："那我帮哥哥吃完了吧。"

男娃："……那你的牙齿会坏的。"

女娃："我不怕。"

男娃："……"

女娃："阿娘，孩儿想吃个柑橘再睡。"

某妻："现下太晚了，柑橘已经睡下了。"

女娃："孩儿想，应该还有一些睡不着的。"

某妻："……"

某妻："孩儿此次逛街倒是懂事，竟不吵着要买糖葫芦了。"

女娃："孩儿一路沉思便是觉得自己好似忘了什么重要的事情。"

某妻："你有什么重要的事情？"

女娃："买糖葫芦。"

某妻："……"

女娃："阿娘，其实鞋底不必纳得这般厚的。"

某妻："你不晓得，若是纳得薄了，你们不听话，阿娘拿来打你们会震得手疼，纳厚些便不会了。"

女娃："……"

女娃："阿娘，为何你的胸脯这般平坦？"

某妻："遗传。"

女娃："孩儿读的书虽少，可阿娘也别想骗孩儿，外祖母的明明不平。"

某妻："嗯，可阿娘遗传的，是你外祖父的。"

某夫："噗……"

男娃："……"

女娃："……"

女娃："阿娘，你如今可学会做饭了吗？"

某妻："当然，为娘这般冰雪聪明，怎可能连做饭这等小事都不会呢？"

男娃："阿娘此话当真？"

某妻："当真，自然当真。"

某夫："那可否请娘子今晚入厨掌勺？"

某妻："夫君，奴家只说会做饭，几时说会煮菜了？"

男娃："……"

某夫："……"

女娃："……"

女娃："倘若阿爹纳个美妾或是在外头有了相好的，阿娘你待如何？"

某夫："莫胡说。"

某妻："不吱声，睁一只眼闭一只眼。"

男娃："谁说阿娘只会拈酸吃醋，这等豁达大度的胸襟，我身为男子汉也自叹不如。"

某妻："然后拉弓瞄准，放箭。"

某夫："……"

男娃："……"

某夫："明日你还要上学堂，早些睡。"

女娃："孩儿睡不着。"

某夫："倘若明日孩儿能在夫子的文试中脱颖而出，阿爹奖励你一两银子。"

女娃："奖励孩儿一两银子，阿爹说话可算数？"

某夫："君子一言既出，驷马难追，孩儿赶紧睡吧。"

女娃："阿爹，孩儿还是睡不着。"

某夫："这又是为何？"

女娃："孩儿在想，这一两银子应该如何用。"

某妻："买菜、择菜、洗菜、切菜、炒菜，孩儿最喜欢做哪一种？"

女娃："吃菜。"

某妻："……"

某妻："孩儿，你算算这道题得数是多少？"

女娃："5。"

某妻："孩儿真聪明，这么快便算出来了。阿娘给你五文钱去买糖葫芦。"

女娃："阿娘，你再出一道等于100的吧。"

某妻："……"

女娃："哥哥，我只是生小病罢了，阿娘竟把养了两年的老母鸡杀了给我炖汤，可见阿娘对我有多疼爱。"

男娃："有些事情必须做出取舍，阿娘也是迫不得已，较之养了两年的鸡，自然是养了五年的猪重要些的。"

女娃："……"

某妻："孩儿你看阿娘这套衣裳好

看吗？"

女娃："阿娘，孩儿想吃枣泥拉糕。"

某妻："阿娘问你衣裳好不好看，你打什么岔？"

女娃"那阿娘给孩儿买枣泥拉糕吃，孩儿便说阿娘这套衣裳好看。"

某妻："……"

女娃："我们夫子的妻子常常与夫子吟诗作对，真真是风雅，羡煞旁人。"

某夫"你们阿娘虽不会与阿爹吟诗，但她会与阿爹作对呀！"

某妻："……"

某妻"今日不知怎的，有些烦闷。"

女娃："不如，孩儿与阿娘讲个笑话吧。"

某妻："说来听听。"

女娃："从前有个傻子，很喜欢说没有，别人问他什么他都说没有，阿娘听过这个笑话吗？"

某妻："孩儿这月的零用钱可还有吗？"

女娃："……"

某妻："嗯？"

女娃："哥哥，阿娘问你话呢！"

男娃："还有。"

女娃："……"

某妻："孩儿，阿娘含辛茹苦怀胎十月冒着生命危险将你生下来……"

女娃："孩儿记得阿爹与孩儿说过，阿娘仗着有生过哥哥的经验，怀孩儿时便格外放任自流，不拿自个儿当孕妇，导致孩儿八月便早产了。"

某妻："呃……你阿爹乱讲的。"

女娃："……"

某妻："毕竟阿娘当初冒着生命危险将你生了下来，你是不是应该报答阿娘？"

女娃："……阿爹，你家娘子又要讹我的银子了。"

某妻："……"

某妻："夫君呐，奴家想问你一个问题。"

某夫："娘子且问吧。"

某妻："倘若奴家与女儿一同掉进河里，夫君先救谁？"

某夫："……"

女娃："……阿娘，你不要为难阿爹了，孩儿识水性。"

某妻："……倘若奴家与儿子一同掉进河里呢？"

男娃："……阿娘，孩儿也识水性。"

某妻："……那倘若奴家与阿猫一同掉进河里……"

阿猫："汪汪汪汪汪。"

某妻："嗯，阿猫怎么了？"

女娃：“哦，阿猫说它也识水性。”

某妻：“……”

某妻：“你们……罢了，我突然觉得好累……”

男娃：“阿娘……”

某妻：“你们出去，阿娘要收拾一下衣物……”

女娃：“阿娘生得也算是好看的……”

某妻：“阿娘晓得。你们回房吧。”

女娃：“阿娘的胸也算很大……至少，比孩儿的大。”

某夫：“小小年纪怎的学会撒谎了？”

某妻：“……孩儿，你让一让。”

女娃：“阿娘，你容我再想想，阿娘的优点一定不止这些……嘤嘤嘤，阿娘，求求你不要走，不要离开我们……”

某妻：“谁说阿娘要走了？”

女娃：“难道不是？”

某夫：“……”

女娃：“孩儿听阿娘说累了，大晚上的收拾衣物，一副身心疲惫意欲抛夫弃子的模样。”

某妻：“阿娘确然是累了，想收拾好衣物早点睡觉罢了。”

女娃：“……阿娘欺骗了孩儿的眼泪，唯有今晚和孩儿睡才能弥补一二了。”

某夫：“孩儿乖，自己回房睡，明天阿爹给你买两串糖葫芦。”

女娃："啧啧，我最看不惯你们这些大人对小孩威逼利诱的小人做派。"

某夫："三串。"

女娃："四串。"

某夫："成交。"

男娃："……"

某妻："……"

【第二十章】世间还有一说法，家人相处名曰互坑!

女娃："阿娘，此次阿爹叫孩儿来看着你，阿娘买东西可悠着点，这次可不能像上次一般需雇辆马车来拉了。"

某妻："知道了知道了。哎，掌柜的，这套这套这套还有那套那套那套，都给我包起来。多谢！"

女娃："……阿娘，你这个败家娘们，这般挥霍无度，阿爹辛辛苦苦积攒的家产会被你败光的。"

某妻："孩儿，今日之事，与你阿爹说十分之一便可。"

女娃："阿娘，你便是拿银子对我威逼利诱也是没有用的。"

某妻："二两。"

女娃："孩儿最瞧不起阿娘这样的人了，以为什么事情都能用钱财解决。孩儿是那样势利没有原则的人吗？"

某妻："五两。"

女娃：“阿爹可是给了孩儿八两的。”

某妻：“十两。”

女娃：“阿娘，你这样让孩儿很为难。”

某妻：“十五两，不能再多了。”

女娃：“成交。”

某妻：“……”

女娃：“哎，老板，这串这串这串还有那串那串那串，都帮我拿过来。多谢！”

某妻：“……”

女娃：“阿娘，今日之事，你与阿爹说十分之一便可。”

某妻：“……”

女娃：“有人说阿娘凶悍泼辣，说阿爹惧内，在家常常受阿娘压迫。”

某妻：“果真？夫君也是打心底里认为奴家是母老虎吗？”

某夫：“自然不是。”

女娃：“孩儿也觉得不是。阿爹何时惧怕过阿娘？阿爹可比阿娘凶煞多了，若说阿娘是母老虎，那阿爹便是打虎的武松。”

某夫：“……今日夫子没有给你布置课业吗？”

女娃：“有，夫子让孩儿写一篇《武松打虎》读后感。”

某夫：“……”

某妻：“夫君是不是想学武松打虎

打奴家？”

某夫：“……为夫绝无此念。娘子你想，武松是喝了十八碗酒才打的虎。为夫今日滴酒未沾，断不敢胡来的。”

某妻：“夫君言外之意是喝了酒便敢打奴家咯？”

女娃：“阿爹，此番孩儿是爱莫能助了，您自求多福吧。”

语毕女娃后退两米，其兄亦是。

男娃：“……妹妹，你胆子越发肥了，竟敢给阿爹挖大坑。”

女娃：“……哥哥，你说我以后还能好好活着吗？”

男娃：“不好说。”

女娃：“……”

某夫：“娘子，为夫过几日要上山采药，大约三日方归，娘子在家好好照顾孩子们。”

某妻：“此奴家为妻之责，自当尽心。”

女娃：“阿爹，趁这几日您在家，我们想向您学习厨艺。”

男娃：“过去是我们懒惰懈怠，如今终于明白阿爹的苦心，望阿爹不吝赐教。”

某夫：“此事好说。”

某妻：“今日却是太阳打西边出来了，你们两个竟如此好学，是想替阿爹分忧解劳吗？”

女娃：“主要是我们想好好活着。”

某夫："孩儿此言何意？"

男娃："上次阿爹也是去远处采药，一去数日，我和妹妹瘦了好几斤。"

女娃："阿爹一离家，阿娘下厨之热情空前高涨，似惊涛拍岸，一天五六顿地做，拦都拦不住，把我和哥哥当小白鼠来以身试毒，实在令人发指，至今想起仍历历在目，心有余悸。"

某妻："……"

某夫："……此事是阿爹有欠考量思虑不周，难为你们了。"

女娃："所谓过而能改，善莫大焉。阿爹晓得便好。"

男娃："又言亡羊补牢，为时未晚。"

女娃："哥哥，你还有银子用吗？"

男娃："有如何，没有又如何？"

女娃："没有的话，你同我说一声，我跟你说说，我没有银子的时候是怎么熬过来的。"

男娃："……我要是有呢？"

女娃："有的话可以给我点，我帮你花，或者，若是实在花不完，便都给我，我替你分担分担。"

男娃："……"

女娃："我觉得，兄妹之间就应该互帮互助相亲相爱呀，阿娘你说是不是？"

某妻："对，对对对。夫君，奴家以为，夫妻之间，亦是如此。"

某夫:“……娘子要多少?”

某妻:“夫君有多少奴家都愿意一人承担。”

某夫:“……”

女娃:“阿娘,阿爹让我跟你说,今晚他要和朋友喝点小酒,不回家吃晚饭了。”

某妻:“喝什么酒?喝花酒吗?”

女娃:“谁知道呢!”

某妻:“……”

女娃:“也可能是米酒果酒蛇胆酒呀!”

某妻:“……”

某妻:“来来来,尝尝我新学的菜。”

某夫:“娘子,为夫还想与你白首到老。”

女娃:“嗯嗯,孩儿还要给阿娘养老送终。”

某妻:“……”

男娃:“要不,让阿猫和映雪尝尝?”

闻言,阿猫拔腿就跑,夺门而出。映雪纵身一跃,上了屋顶。

某妻:“……”

女娃:“哥哥,你给我讲讲志怪故事吧。”

男娃:“我近来看《聊斋志异》,

便给你讲讲小谢，不过小谢是女鬼，你怕不怕？”

女娃：“女鬼有什么可怕的，我连阿娘都不怕。”

男娃：“……告诉你一个很不幸的消息。”

女娃：“嗯，有多不幸？”

男娃：“此刻你觉得最不幸的事情是什么？”

女娃：“阿娘在我身后。”

男娃：“对，阿娘在你后面。”

女娃：“……”

某妻：“谁方才拿女鬼来与阿娘相较的？”

女娃：“……阿娘，您吃饭了吗？”

某妻：“吃了，与你一同吃的。”

女娃：“阿娘，您会原谅孩儿吗？”

某妻：“你觉得呢？”

女娃：“孩儿觉得会。”

某妻：“那你便是太不了解你亲娘了。”

女娃：“……”

女娃：“孩儿知错，认打认罚。”

男娃：“阿娘，童言无忌，您便原谅了妹妹这次吧。”

某妻：“阿娘是那般不讲理之人吗？阿娘近日研究了几样新菜式，明日做了你们品评一下？”

女娃："……阿娘，孩儿可以换一种死法吗？"

某夫："娘子，你这个惩罚着实是重了些。"

男娃："是了，虎毒尚不食子。"

某妻："……"

男娃："阿爹，您常在外人面前称孩儿是'犬子'，犬子犬子，不就是狗的儿子吗？孩儿是狗的儿子，那阿爹和阿娘是什么？"

女娃："狗男女吗？"

某夫："……"

某妻："……夫君，需小惩吗？"

某夫："大戒才可。"

某妻："夫君打算如何戒之？"

某夫："便让他们吃半个月娘子做的菜吧。"

某妻："……"

男娃："……"

女娃："……"

某妻："假若孩儿有五个苹果，阿娘拿走了两个，阿爹拿走了两个，哥哥又拿走了一个，孩儿还剩多少个？"

女娃："这是人干的事吗？"

某妻："……"

某妻："夫君，咱们和离吧。"

男娃："阿娘，常言道，百年修得同船渡，千年修得共枕眠。千年才修得的姻缘，阿娘怎可轻易相负？"

女娃："可不是吗，阿娘，两口子要谦让，古时候孔融让梨……"

某妻："夫君你听到了吗，孔融都让离了。"

某夫："……"

男娃："……"

女娃："……"

女娃："阿爹，你当初娶阿娘，是瞎了眼了吗？"

男娃："还是被猪油蒙了心了？"

某夫："是被你们阿娘蒙了心了。"

女娃："虽说阿娘现在确实有些丰腴了，但阿爹你也不能说她是猪油啊！"

某夫："……"

某妻："……"

男娃："……"

某妻："夫君，你看奴家穿这套衣裳如何？"

某夫："好看。"

某妻："什么好看？"

某夫："衣裳好看。"

某妻："孩儿们觉得呢？"

女娃：“好看。”

男娃：“好看。”

某妻：“什么好看？”

女娃：“阿娘好看。”

男娃：“阿娘好看。”

某妻：“果然自己生的和不是自己生的就是不一样。”

某夫：“……”

某妻：“儿子，日后娶媳妇须得睁大了眼睛才是，男人娶了个好妻子，便等于成功了一半了。”

男娃：“那照阿娘的意思，娶两个不就等于成功了吗？”

某妻：“……”

某妻：“你们多吃点，别浪费了。”

女娃：“阿娘，你不吃吗？”

男娃：“阿娘别什么好吃的都留给我们。”

某妻：“阿娘就不吃了，阿娘肠胃不好，不能吃不新鲜的，这米糕放了有几天了。”

女娃：“……”

男娃：“……”

女娃：“阿娘，你这般毫无节制随

心所欲地吃下去，迟早会变成猪一般的。”

男娃：“是啊，妹妹话糙理不糙，阿娘要听一听的。”

某妻：“不要紧，你们阿爹说了，阿娘太瘦了，就是要多吃些。”

女娃：“阿娘，男人说的话听听便好，当不得真的。”

某夫：“……”

某妻：“……”

女娃：“阿爹，孩儿是阿娘生的吗？”

某夫：“自然。”

女娃：“那哥哥是阿爹生的吗？”

某妻：“傻孩儿，你哥哥自然也是阿娘生的呀！”

女娃：“连男孩儿也是阿娘生的，那要阿爹来有何用？”

某妻：“……”

某夫：“……”

女娃：“哥哥，你怎的这般不小心，这是阿爹最喜欢喝的酒。”

男娃：“妹妹，你千万不要告诉阿爹是哥哥将酒坛子打碎了，不然哥哥以后不带你玩了。”

某夫：“可是你们两个偷阿爹的好酒喝了？家里这酒味是怎么回事？”

女娃："阿爹，我们没有偷喝酒。"

某夫："你且说实话，阿爹给你买好吃的。"

女娃："阿爹，你常常教诲我们，做人要信守承诺，阿爹便是打死孩儿，孩儿也不会出卖哥哥的。"

男娃："……"

某夫："……"

女娃："阿娘，你做什么非要与阿爹闹至和离的境地，莫非便不能打孩子一顿消消气吗？"

某妻："孩儿你……"

男娃："妹妹你……"

女娃："哥哥他心胸开阔、豁达大度，你们便打他一顿，他也不会记仇。"

某妻："……"

男娃："……阿娘，我倒觉得打妹妹较好些，妹妹比孩儿小，还是不记事的年纪，打她几顿，她长大了也不会记得。"

女娃："……"

【第二十一章】浪费可耻，还是我帮你胖吧。

女娃："阿爹，孩儿发觉，阿娘变了很多。"

某夫：“我以前常对你阿娘说，我喜欢她那时的模样，没有必要去做改变。”

女娃：“孩儿亦有同感。”

某夫：“可你阿娘偏是不听，变得越发珠圆玉润。”

女娃：“肥头大耳。”

某夫：“唉……真真是愁煞人也。”

某妻：“……”

某夫：“娘子，为夫今早送你的花呢？”

某妻：“奴家瞧着好像挺好吃的，便拿去煲汤了。”

某夫：“……”

女娃：“……”

男娃：“……”

女娃：“我觉得，在阿娘的眼里，这世间万物都是可以食用的。”

男娃：“委实，在阿娘的眼里，这世间万物可分为三类，其一是可以直接食用的，其二是看着好像可以食用的，其三是想点办法才能食用的。”

某妻：“……”

某夫：“‘谁知盘中餐’的后一句是什么？”

女娃：“粒粒皆辛苦。”

某夫："背得不错。桌上那半碗莲子羹，我早间便瞧见在那里了，如今还在那里，孩儿这般浪费，竟不觉得可耻吗？"

女娃："不是孩儿……"

某夫："是哥哥？那更不该浪费，将它喝了。"

男娃："天儿这般炎热，都馊了……"

某夫："喝，否则你们便不以为然。"

男娃："……"

某妻："……夫君，是奴家早上没喝完，奴家觉着不好喝，便……奴家此刻喝完便是，夫君莫要动气……"

某夫："喝什么喝，莫喝坏了肚子。"

某妻"可奴家这般浪费，委实可耻。"

某夫："定是为夫手艺不好，做得让娘子难以下咽。"

某妻："不不不，是奴家近来嘴变刁了……"

某夫："那也是为夫养刁的。"

女娃："……嘿呀，好气呀！"

男娃："妹妹，你要学会适应。"

女娃："哥哥，你年纪轻轻的，如何做到这般从容淡定的？"

男娃："我比你年长两岁，这种事情见多了，便习惯了。"

女娃："……"

某妻："夫君煲的这锅是什么好吃

的？”

某夫：“花生猪脚。”

某妻：“熟了吗？”

某夫：“没有。”

某妻：“奴家尝尝……猪脚还没熟。”

……

某妻：“夫君，熟了吗？”

某夫：“约莫没有。”

某妻：“奴家尝尝……肉还有些硬。”

……

某妻：“夫君，熟了吗？”

某夫：“估计没有。”

某妻：“奴家尝尝……肉还不够烂。”

……

某妻：“夫君……”

某夫：“大约熟了。”

某妻：“奴家尝尝……可以起锅了。”

……

某夫将菜盛上食桌。

女娃：“咦？”

男娃：“阿爹煲的不是花生猪脚吗？”

女娃：“对呀，怎的只有花生不见猪脚？”

某夫：“此事，你们还是问问你们阿娘吧。”

某妻：“……”

女娃：“啊，好烫呀！”

男娃：“这莲子粥是有些烫，妹妹

且晾一晾它，或是吹一吹再喝。”

某妻：“孩儿端来，阿娘喂你。”

女娃：“多谢阿娘。”

某妻：“呼呼，是有些烫。”

女娃：“阿娘……”

某妻：“啧啧，还是有些烫。”

女娃：“……”

某妻：“呲呲，还是烫。”

女娃：“……阿娘，你方才不是说要喂孩儿的吗？”

某妻：“……啊，孩儿，对不住，阿娘没能控制住自己。”

女娃：“阿爹，莲子粥还有吗？阿娘不小心将孩儿的全喝了。”

某夫：“……”

某夫：“娘子的闺中密友终于觅得良人，娘子不是该欣喜吗，怎的哭得这般涕泗横流的？”

男娃：“阿娘这般，大约是喜极而泣吧？”

女娃：“可我瞧着不像是喜极而泣的模样……”

某妻：“我不是哭她，我哭的是日后再也吃不到她做的红烧肉了。”

女娃：“……果真不出我之所料。”

男娃：“……”

某夫：“……”

女娃：“哥哥，这个点心真好吃，

咱们把它藏起来吧，免得阿娘偷吃。"

男娃："妹妹别乱说，阿娘从来不会偷吃的。"

女娃："哥哥你今日可是拿了阿娘什么好处了，这般护着阿娘？"

男娃："阿娘绝不会偷吃的，她从来都是当着咱们的面吃。"

某妻："……"

女娃："哥哥，我打不开这罐子，你帮帮我。"

男娃："里面装着何物？"

女娃："吃的。"

男娃："不好吃，不必费劲了。"

女娃："哥哥如何晓得它不好吃？"

男娃："若是好吃，阿娘早将它吃了。"

女娃："……有道理。"

某妻："……"

【第二十二章】知我者谓我知音，不知我者谓我学渣。

女娃："阿娘，好事多磨是什么意思呀？"

某妻："好事多磨便是：万事开头难，然后中间难，最后结尾难。"

女娃："喔……"

女娃："阿娘，孩儿今日被夫子罚站了。"

某妻："可是夫子授课时你又趴案几上睡觉了？"

女娃："不是。夫子问孩儿老子是谁，孩儿答不出来。"

男娃："老子你都不晓得，合该你被罚。"

女娃："我真的不晓得。"

某妻："你老子便是你阿爹呀！"

男娃："咳咳……"

某夫："噗……"

女娃："孩儿睡不着，阿娘给孩儿讲个故事吧。"

某妻："好。从前有个人挎着竹篮去买菜……"

女娃："阿娘，孩儿想听孙悟空。"

某妻："嗯。从前有个孙悟空挎着竹篮去买菜……"

女娃："阿娘，孩儿要听孙悟空和妖怪打架。"

某妻："呃。从前有个孙悟空买菜的时候和卖菜的妖怪打了起来……"

女娃："阿娘，经常生气不好，容易衰老。阿娘不是信佛吗？应该心平气和，不骄不躁才是啊！"

某妻："阿娘信的是斗战胜佛。"

某妻："睡吧，夜里做个香甜的梦。"

女娃："阿娘，孩儿要吃糖葫芦。"

某妻："怎的要睡觉了还吃甜食？"

女娃："阿娘，你方才不是说让孩儿做个香甜的梦吗？吃了糖葫芦做梦便是香甜的了。"

某妻："睡觉前吃甜食的话，夜里牙虫会咬你的牙齿的。"

女娃："牙虫夜里不睡觉吗？"

某妻："……"

女娃："嘤嘤嘤，阿娘，孩儿养的乌龟死了。"

某妻："孩儿节哀顺变，咱们将它用绢帛裹着，然后装进木盒子，埋在后院，再给它办一个简陋的葬礼，可好？"

某夫："阿爹带你去集市吃糖葫芦，然后给你买喜欢的纸鸢，再带你去太白楼吃你最爱吃的菜式，孩儿莫要太难过……"

男娃："妹妹，你瞧，乌龟在动，它还没有死呢！"

某妻："孩儿你看，既然它还活着，那方才你爹说的那些话便都不作数了。"

女娃："……其实你们可以当它已经死了。"

男娃："……"

某妻："……"

某夫："……"

某夫："晋代车胤家贫，无钱买灯油，便在夏天抓一把萤火虫装进白绢口袋，将它吊起来，以此为灯。由于他勤学苦练，后来终于当上了大官。"

女娃："孩儿记住了。"

某夫："孩儿晓得如何做了吗？"

女娃："晓得。"

某夫："那孩儿还等什么？"

女娃："等夏天到了去捉萤火虫。"

某夫："……"

男娃："阿娘，何谓海啸？"

某妻："平时皆是我们去看大海，海啸呢，便是大海来看我们。"

女娃："那大海看完我们之后呢？"

某妻："那我们差不多就要去看阎王爷了。"

男娃："……"

某夫："……"

男娃："妹妹，我觉得阿爹很勇敢，明明知晓阿娘的脾气秉性还敢与她结为连理，明知山有虎，偏向虎山行。"

女娃："话虽如此，可是哥哥，不入虎穴，焉得虎宝宝？"

男娃："……"

某妻："你为何将邢二婶院子里那口缸砸了？"

女娃："前几日孩儿看了《司马光砸缸》，今日去邢二婶家玩，看到那口大缸装满了水，怕别的玩伴在院子里玩耍掉下去溺水，便急中生智提前将缸砸了。"

某妻："……"

女娃："阿娘，孩儿发现许多名人在姓后带个子字，孔子、孟子、孙子，为何开封府的包拯包大人不叫包子？"

某妻："大约是怕别人将他吃掉吧。"

女娃："……"

女娃："阿娘，孩儿还想再吃两个甜瓜，"

某妻："阿娘与你讲一个故事。古时候有一个美丽的女子，到了晚上还要吃东西，后来越吃越多，便用大叉子吃，年复一年，那女子越吃越圆润肥胖，变得很不好看。为了警醒后人，以此为戒，人们便将晚上还要吃东西的女子叫作母夜叉。"

女娃："……"

男娃：“阿爹，为何每次孩儿一犯错，你和阿娘便要打孩儿？”

某夫：“玉不琢，不成器，是因为阿爹对你有很高的期望，恨铁不成钢。”

男娃：“喔，那阿娘亦是如此吗？”

某妻：“不是，阿娘就是单纯地想打你。”

女娃：“……”

男娃：“……”

女娃：“阿娘，你给孩儿讲个故事吧。”

某妻：“嗯。从前有一只蚂蚁和一只蛐蛐，蚂蚁辛勤工作，而蛐蛐却无所事事。有一日，它俩相遇了。蛐蛐说：‘你真傻，放着大好时光不过，偏偏干这等无聊的活。’蚂蚁什么也没说，继续搬运粮食……”

女娃：“孩儿知道，到了冬日，蛐蛐在寒风中饿死了，而蚂蚁还有粮食吃。”

某妻：“不是，蚂蚁也被冻死了。”

女娃：“……”

某妻：“这个故事告诉我们，大自然的威力是多么强大。”

女娃：“……”

女娃：“阿娘，孩儿以后好好地听话，

阿娘别打孩儿了好吗？"

某妻："这如何能行，这祖传的手艺怎么能丢呢？须知以前你外祖母也是这般打阿娘的。"

女娃："……想不到外祖母竟是个性情中人。"

某妻："是了，好巧不巧，阿娘遗传了你外祖母，也是个性情中人。"

女娃："……"

女娃："阿娘，为何给曾祖父扫墓上坟要烧纸钱呀？"

某妻："你曾祖父生前喜吃豆花，如今年纪大了，在下边干不了活，有钱能使鬼推磨，烧点纸钱让他请鬼帮磨豆子。"

某夫："……"

男娃："……"

女娃："阿娘，什么是赤壁之战？"

某妻："赤臂，便是光着膀子，赤臂之战自然便是光着膀子打仗了。"

某夫："……"

男娃："……阿爹，你管管你家娘子吧。"

某夫："……"

某妻："你为何要将一盆水泼到二狗子头上？"

女娃："昨日我们在河边玩，他将水溅到孩儿的衣裳了。"

某妻："如此你便要报复他吗？阿娘平日是如何教你的？"

女娃："阿娘你说滴水之恩，要涌泉相报。"

某妻："……"

女娃："阿娘，何谓美人？"

某妻："借先人的话说：其形也，翩若惊鸿，婉若游龙。荣曜秋菊，华茂春松。仿佛兮若轻云之蔽月，飘摇兮若流风之回雪。远而望之，皎若太阳升朝霞；迫而察之，灼若芙蕖出渌波……"

女娃："阿娘你能不能说浅显易懂一些的？"

某妻："像阿娘这样的便是。"

某夫："……孩儿年纪尚小，娘子莫早早便误导扭曲了她的审美观。"

某妻："……"

某妻："你们看，这些蒜头虽然已经烂了，但它们仍然孕育了新的生命，这等顽强精神，实在令人敬佩。这其中的道理，你们明白了吗？"

男娃："嗯嗯，多谢阿娘教诲，孩

儿受教了。”

女娃：“哥哥，以后娶媳妇万万不能娶像阿娘这种懒到把蒜头放烂了还有这般多说辞的女子。”

男娃：“……”

某妻：“……”

某妻：“这个成语如何念？”

女娃：“程门立雪。”

某妻：“这个呢？”

女娃：“凿壁偷光。”

某妻：“这个呢？”

女娃：“卧冰求鲤。”

某妻：“那……”

女娃：“阿娘，你去问哥哥或是阿爹吧，孩儿在玩呢，没时间教阿娘认字。”

某妻：“……”

男娃：“噗……”

某夫：“咳咳，娘子，这个成语念‘卧薪尝胆’。”

某妻：“……奴家晓得如何念，奴家只是想考考她。”

某夫：“……”

某妻：“孩儿，阿娘且考一考你的算术，一头牛几条腿？”

女娃：“四条。”

某妻：“那一头养了五年的牛有多

少条腿？”

女娃：“二十条。”

某妻：“……”

某夫：“……十六加八等于多少？”

女娃：“等于……阿爹，孩儿手指头不够用。”

某夫：“不会用脑子吗？”

女娃：“脑子只有一个，便是加上了也不够用啊！”

某夫：“……”

男娃：“……阿爹，孩儿觉得，妹妹不是你们捡来的，是阿娘生的无误。”

某妻：“……”

女娃：“阿娘，‘苟不教，父之过’作何释义？”

某妻：“狗不叫，父之过？”

女娃：“嗯。”

某妻：“大意应是：若阿猫不叫，便是你们阿爹做错事了。”

男娃：“……”

某夫：“……”

女娃：“古人却是厉害，竟晓得咱们家养了只狗。”

某夫：“……你以后读书遇着不懂的，问阿爹或你哥哥即可，你阿娘平日忙，顾不得这些小事。”

女娃：“阿猫，你叫唤一声。”

阿猫：“……”

女娃："阿娘，阿猫不叫，是不是阿爹真的做了什么错事了？"

某妻："嗯……嗯？夫君，果真？"

某夫："……大约是为夫当初娶错了媳妇。"

【第二十三章】问世间情为何物，你看这就是父母。

女娃："阿娘，生辰快乐！"

男娃："阿娘，祝阿娘青春永驻，福寿绵长！"

某夫："光说不行，得拿出礼物来表明你们的心意。"

男娃："我没什么银子，只能给阿娘买一支簪子，望阿娘不要嫌弃。"

某妻："孩儿有心了。"

女娃："阿娘，阿爹算不算礼物？"

某妻："嗯？"

女娃："我将阿爹送给阿娘，望阿娘不要嫌弃。"

某夫："……"

某妻："嫌弃……可否换一个？"

某夫："娘子的意思，是想换个夫君吗？"

某妻："呃……不是，奴家是说换一份礼物，因为夫君你，原本就是奴家的啊！"

某夫："咳咳……"

女娃：“阿爹，孩儿睡不着，你给孩儿讲个故事吧。”

某夫：“好。阿爹便给你讲讲牛郎织女的故事……牛郎织女成亲后，男耕女织、相亲相爱，日子过得非常美满幸福，不久，他们生下了一儿一女，十分可爱。”

女娃：“后来呢？”

某夫：“后来啊，他们的女儿每天晚上都要她阿爹给她讲故事才肯入睡。”

女娃：“……阿爹是对当初阿娘偷看你洗澡的事情依旧耿耿于怀吗？”

某夫：“咳咳，莫要胡说。”

女娃：“阿爹原本一个良家少年，不想遭此厄难，实在令人扼腕叹息。”

某夫：“咳咳，阿爹其实是心甘情愿的……”

女娃：“……问世间情为何物，直教人猪油蒙心。”

女娃：“阿娘，你惹阿爹生气了？”

某妻：“嗯。”

男娃：“老夫老妻的，何事闹到这般境地？”

女娃：“阿娘，你便向阿爹服个软，孩儿听说男人大多死要面子，阿娘给阿爹根杆子，他便会顺着爬下来了。”

某妻：“孩儿所言甚是。”

女娃：“阿娘，去吧。”

某妻："夫君？"

某夫："哼。"

某妻："……"

俩娃扶额无语。

某妻："此情此景，你们阿爹此刻正在气头上，不肯与阿娘说话，如何是好？"

女娃："看来还需孩儿亲自出马，当一回和事佬了。阿爹，阿娘说此事是她错了。"

某夫："你与她说，我此刻不想理会她。"

女娃："阿娘，阿爹说……"

某妻："我都听到了。好，夫君有骨气，这个月夫君自己睡，奴家和孩儿睡罢了。"

女娃："真的？阿娘这个月果真要和孩儿一同睡吗？太好了。"

某夫："……等等。"

某妻："嗯？"

某夫："为夫……没有骨气。"

某妻："咳咳……"

女娃："……阿爹，所谓宁可枝头抱香死，何曾吹落北风中。大丈夫应有铮铮铁骨，如何能这般轻易向一个小小女子低头？"

某夫："……"

某妻："夫君，孩儿所言有些道理，要不……"

某夫："为夫不管，为夫就要和娘

子睡。"

女娃："……"

男娃："……"

男娃："……今日怕是日头打东边出来了。"

某夫："娘子，你过来。"

某妻："夫君叫奴家作甚？"

某夫："过来，为夫给娘子捶捶背。"

男娃："……"

女娃："……"

某妻："夫君，孩子们老是惹奴家生气。"

某夫："娘子实在受不了，便再生一个，然后咱们把最不听话那个扔了。"

男娃："……"

女娃："……"

某妻："哼，又想骗奴家生娃娃。"

某夫："咳咳……"

某妻："夫君，眼下都将近亥时了，你还在书房作甚？"

女娃："阿娘不见阿爹在教孩儿与哥哥做课业吗？"

某妻："夫君，夜深了，便回房安歇吧。"

某夫："好，为夫这便随娘子回房。"

女娃："阿爹，孩儿还有些疑惑要

请教阿爹，阿娘先睡吧。"

某妻："你们都多大了，课业自己做便好了。"

男娃："……"

女娃："可明日孩儿交不了，夫子要罚孩儿的。"

某夫："你们可比阿爹好多了，你们的课业明日才交，阿爹今夜便要交了，不交也要被你们阿娘罚的。"

某妻："……"

女娃："阿娘，阿爹都这么大了，你还要他做课业吗？"

某妻："咳咳，你们阿爹胡说的，阿娘哪有什么课业让他做……"

某夫："怎会没有？"

某妻："……哼，夫君若是不想交，便不交好了。"

某夫："怎会，为夫恨不得多交几份呢！"

女娃："……"

男娃："……"

只见某夫拉起某妻的手便走出了书房。

某妻："心肝儿！"

女娃："怎么了？"

某妻："我叫你阿爹呢！"

女娃："……"

某夫：“你们想吃什么菜？”

女娃：“孩儿想吃宫保鸡丁。”

男娃：“孩儿想吃野笋炒肉。”

半个时辰后，两个孩子看着食桌上几个色香味俱全的菜。

女娃：“宫保鸡丁呢？”

男娃：“野笋炒肉呢？”

某夫：“你们阿娘说想吃红烧排骨……”

女娃：“……”

男娃：“……”

女娃：“阿爹，这饭是不是煮得有些硬了？”

男娃：“孩儿也觉得这饭有些硬。”

某夫：“但是你们阿娘喜欢吃呀！”

某妻：“咳咳……”

某妻：“夫君，奴家今日饭盛得有些多，吃不下了，想到浪费可耻，夫君代奴家吃了吧。”

某夫：“让为夫吃也并非不可，除非娘子亲为夫一口。”

映雪：“喵呜……”

阿猫：“汪汪……”

男娃：“……我们都在呢！”

女娃：“……请你们稍微收敛一点。”

男娃：“听说今晚东街有个灯会。”

女娃：“灯会？我好想去看看，阿爹你陪我们去看好不好？”

某夫：“好好好。”

某妻：“夫君夫君，奴家也想去。”

某夫：“去什么去？娘子今日身子不适，在家好好休息。”

某妻：“可是，奴家自个儿在家多闷啊！”

某夫：“为夫在家陪娘子。”

女娃：“……阿爹，你方才答应我来着。”

某夫：“嗯，你哥哥陪你去便好了。”

男娃：“……”

女娃：“……亲情之火，言熄便熄。”

女娃：“阿爹阿娘。”

某妻：“怎的这般夜深了还不睡？”

女娃：“嗯……孩儿是来找阿爹的。阿爹，孩儿想找你借样东西，明日一早便还。”

某夫：“孩儿何时变得这般客气了？阿爹的东西便是孩儿的东西，想要什么只管跟阿爹说。”

女娃：“阿娘。”

某妻：“嗯？”

某夫：“此事不必问你阿娘。”

女娃：“孩儿想借的东西，便是阿娘。”

某妻：“……我怎的变成东西了……”

某夫：“借你阿娘？”

女娃：“嗯。”

某夫：“不借。”

女娃：“阿爹方才还说阿爹的东西便是孩儿的东西。”

某夫：“除你阿娘以外。”

女娃：“可是方才孩儿缠着哥哥给孩儿讲故事，哥哥使坏，给孩儿讲的志怪。孩儿害怕，不敢自己一个人睡觉……”

某夫：“原是这样。”

女娃：“阿爹的意思是……”

某夫：“不借。”

女娃：“……阿娘，阿爹是不是你背着我和哥哥找的后爹？”

某妻：“……”

女娃：“阿爹。”

某夫：“你来医馆作甚？”

女娃：“晌午了，孩儿特来请阿爹回家吃饭。”

某夫：“你们不必等我，今日病者多，阿爹怕是要入夜方能回去了。”

女娃：“孩儿想吃阿爹做的菜……”

某夫：“拿这些银子，去太白楼吃吧，你阿娘说那里的太白鱼头、清炒栀子花、野笋炒肉、白切鸡和铜钱包味道都不错，阿爹先前带你阿娘去吃过。”

女娃：“……阿娘已经做了菜了。”

某夫：“……你们怎的不拦着她？”

女娃：“我们也得拦得住才行。”

某夫：“你们不要总说你们阿娘做

的菜不好吃……"

女娃："我们还未敢动箸，阿娘自己先尝了一口，悉数吐将出来，如今趴食桌上哭呢……"

某夫："……可想而知是有多难吃了。"

女娃："嗯。"

某夫："你哥哥呢？"

女娃："在家里哄阿娘呢！"

某夫："走吧。"

女娃："阿爹要带我们出去吃？"

某夫："回家，哄你阿娘。"

女娃："……"

【第二十四章】你再不听话，我就去捡个听话的！

男娃："阿爹，鸡蛋孵出小鸡要多久？"

某夫："大半个月。"

女娃："那这大半个月鸡阿娘都要一直趴在鸡蛋宝宝上面吗？"

某夫："除了吃喝拉撒，基本都是吧。"

女娃："阿娘，孩儿终于知道你孵我们的时候多辛苦了。"

男娃："……"

某夫："……"

女娃:“阿娘,孩儿是从何处来的?”

某妻:“阿娘生的。”

女娃:“如何生的?”

某妻:“你知道生产吧?就像阿猫阿狗生产一般。”

女娃:“阿娘为何生孩儿呢?”

某妻:“你知道怀孕吧?就像阿猫阿狗怀孕一般。”

女娃:“那阿娘为何会怀孕?”

某夫:“……”

男娃:“你知道交配吧?就像阿猫阿狗交配一般。阿娘你说是不是?”

某妻:“没错。”

某夫:“……娘子,你的脸皮比为夫想象的要厚得多。”

某妻:“身为女孩子,这般粗鲁,小心长大了嫁不出去。”

女娃:“会吗?”

某妻:“会的,若有人娶你,必定是那人瞎了眼了。”

女娃:“哥哥,我的性子与阿娘的像吗?”

男娃:“像,像得令人发指。”

某妻:“……”

女娃:“这么说,瞎了眼的已经让阿娘嫁了吗?”

男娃:“大约是的。”

某夫:“……我做错了什么?”

某妻:“……夫君生错了孩子。”

某夫:“……分明是娘子生的。”

某妻：“……”

女娃：“阿娘，孩儿是什么时辰降生的呀？”

某妻：“昼食那会儿。”

女娃：“那，孩儿耽误阿娘吃饭了吗？”

某妻：“……”

女娃：“阿娘，邢二婶生的娃娃太讨人喜欢了，孩儿也想要弟弟或是妹妹。”

某妻：“可阿娘不想再生了。”

女娃：“那让阿爹再娶一个姨娘生便是了。”

某妻：“……夫君。”

某夫：“娘子何事？”

某妻：“你女儿说她想跪搓衣板了。”

女娃：“……”

女娃：“阿娘，孩儿是从何处来的？”

某妻：“……捡来的。”

女娃：“唉，谁家这般缺心眼，似孩儿这般好的孩子竟也舍得丢？”

某妻：“……”

女娃:“阿爹，孩儿是从何处来的？”

某夫:“这个……还是问你阿娘吧。”

某妻:“你是阿爹阿娘一起在路边捡来的。”

男娃:“为何阿爹阿娘去捡娃娃不带孩儿一起去？”

某妻:“带你去作甚？”

男娃:“你们夫妻两个眼光太差了，都不知道挑个好看些的。”

某妻:“……”

某夫:“……”

女娃:“……”

某妻:“你若是不听话，阿娘便将你扔了，再捡一个听话的回来。”

女娃:“阿娘，没用的，你再捡一个也是不听话，被她阿娘扔掉的。”

某妻:“……”

女娃:“阿娘你还记得吗，孩儿以前问你，孩儿是从哪里来的，阿娘有时道是从河里捡来的，有时又道是从猪圈里捡来的，那孩儿究竟是从哪里来的？”

某妻:“嗯……你是被河水冲进猪圈里被阿娘捡来的。”

女娃:“……”

【第二十五章】这就是传说中的“后爹后娘”。

某妻：“过几日便是你们俩的生日了，阿娘打算给你们各买一块玉佩。”

男娃：“多谢阿娘。”

女娃：“如今玉器假的太多，阿娘可千万仔细看好。”

某妻：“放心，阿娘一开始便没打算买真的。”

女娃：“……”

男娃：“……”

某妻：“孩儿，你是个男子，是以你必须学会替家人担当一些事情，如此孩儿日后长大成人才能撑起我们这个家，才能成为一个真正的男子汉，孩儿懂吗？”

男娃：“孩儿懂了。”

某妻：“夫君，儿子承认了，你的银子是他拿的。”

男娃：“……”

女娃：“阿娘阿娘，孩儿是不是阿娘的贴心小棉袄？”

某妻：“嗯，黑心棉那种。”

女娃：“……”

女娃：“阿爹，孩儿呱呱坠地那一刻，你是什么心境？”

男娃：“开心？激动？喜极而泣？”

某夫：“都不是。”

男娃：“那是？”

某夫：“委屈。”

女娃：“为何委屈？”

某夫：“从此便又多了一个人来霸占我娘子了。”

男娃：“……”

女娃：“……”

某妻：“夫君，今日是乞巧节，牛郎织女终于又能相会了。”

女娃：“然而牛郎织女一年一会，梁山伯祝英台双双化蝶，这些感人至深、流传千古的故事告诉我们一个道理：秀恩爱是会遭天谴的。”

男娃：“……所以阿爹阿娘也会遭天谴吗？”

某妻：“……”

某夫：“娘子不必生气，倘若娘子不想要这两个孩子了，咱们再生便是了。”

某妻：“哼，又想骗奴家生娃娃。”

男娃：“……”

女娃：“哥哥，你说咱们两个究竟出来作甚？是家里的点心不好吃吗，偏要出来吃狗粮？”

男娃："……"

女娃："阿爹，可以给点银子孩儿买桂花糕吗？"

某夫："待你成亲后让你夫君给你，阿爹只给你阿娘。"

女娃："……"

某夫："娘子，为夫给你买了些礼物。"

女娃："阿爹，那孩儿的礼物呢？"

某夫："……娘子，你看有哪些不喜欢的，便送给孩儿吧。"

某妻："咳咳，奴家晓得。"

女娃："……"

某夫："新年了，孩儿们想要什么礼物吗？"

男娃："孩儿什么也不要，只要阿爹阿娘身体康健、平安喜乐便好。"

女娃："孩儿也什么都不要，只要阿爹陪孩儿过，孩儿便心满意足了。"

某夫："可是阿爹要陪你阿娘过呀！"

女娃："此事好办，阿爹陪阿娘哥哥还有孩儿，咱们四个一起过不就好了吗？"

某夫："可是你们阿娘说了不想陪你们俩过。"

女娃："……"

男娃："……"

女娃："阿娘，孩儿想养只鹦鹉。"

某妻："鹦鹉聒噪，养来做什么？"

女娃："养久了阿娘肯定就喜欢了，阿娘相信孩儿。"

某妻："阿娘养你这么久都不喜欢，莫说鹦鹉了。"

女娃："……"

女娃："阿——嚏——"

某妻："孩儿怎的打喷嚏了，可是昨夜睡觉又踢被子了？"

女娃："约莫，是吧。"

某妻："阿娘去给你熬药，喝了药病便会好的。"

晚间。

某夫："孩儿入睡否？可感到身子有别的不适？"

女娃："阿爹怎的这么晚了还不睡？"

某夫："没有什么要紧事，只是你阿娘方才说给你熬错了药，让阿爹来看看你还在不在。"

女娃："……"

某妻："其实，儿子你尚在襁褓之时，阿娘没有银子花了，差点将你卖给了别人。"

男娃："……后来怎的没卖？"

某妻："当时谈好的二十两，结果那人只带了十九两。孩儿你知道的，阿娘在乎的不是钱。"

男娃："孩儿知道，阿娘在乎的其实是孩儿。"

某妻："不是，阿娘在乎的是原则，是做人最起码的诚信。"

男娃："……"

女娃："阿娘为何想卖哥哥，不卖孩儿，可是因为孩儿比哥哥更听话乖巧讨人喜欢吗？"

某妻："不是，是因为你不值钱。"

女娃："……"

男娃："阿爹，咱们家那时候竟穷得连娃娃都养不起吗？"

某夫："不是，彼时阿爹外出采药，你们阿娘看上了一支簪子，要二十两银子，你们祖父祖母又常年在外游玩不着家，是以……"

女娃："……"

男娃："……"

某妻："知道自己做错了吗？"

女娃："知道了。"

某妻："孩儿，你长大了，阿娘再

不会如从前那般因你犯了错误骂你了。”

女娃：“阿娘……孩儿……”

某妻：“你应该尝尝挨打的滋味了。”

女娃：“……”

某夫：“我吃好了，娘子你们慢点吃。”

男娃：“是。”

女娃：“好。”

某妻：“你们两个，且先放下碗箸，阿娘有事要与你们说。”

男娃：“孩儿看阿娘这副严肃模样，可是什么要紧事吗？”

女娃：“看阿娘神色凝重，想必是大事了。”

某妻：“阿娘便剩这两口饭了，吃完与你们说。”

男娃：“嗯。”

女娃：“阿娘吃好了，可否说了？”

某妻：“哪个吃得慢哪个洗碗箸。”

男娃：“……”

女娃：“……”

女娃：“阿娘，孩儿生辰你怎的连个礼物都不送给孩儿？”

某妻：“阿娘都送你了一条命，你竟还不满足？”

女娃：“……”

男娃：“天下武功，唯快不破，真正的高手是在对方即将出手的那一瞬间便能判断出对方的意图，然后将对手击杀于无形之中。妹妹，你说天下真有这样厉害的武功吗？”

女娃：“当然有，我便见到过这样的高手。”

男娃：“果真？”

女娃：“哥哥，你看着。阿娘，孩儿想……”

某妻：“别想，没钱。”

女娃：“哥哥，看到没，阿娘便是这样的高手。”

男娃：“……”

女娃：“阿娘，孩儿听闻打骂孩子是起不到任何教育作用的，看来这些年孩儿白挨了那么多的打了。”

某妻：“哪有白挨打？没有教育作用，出气作用还是有的。”

女娃：“……”

女娃：“哥哥，我是你亲妹妹吗？”

男娃：“当然。”

女娃：“那哥哥给我买块桂花糕吧。”

男娃：“你不知道阿爹阿娘当年捡到你的时候雪下得有多大……”

女娃：“……”

女娃："阿娘，你为何总叫孩儿傻孩子的？"

某妻："待你长大了便不是傻孩子了。"

女娃："那是什么？"

某妻："傻子。"

女娃："阿娘，孩儿觉得，你不是孩儿的亲娘。"

某妻："你不知道阿爹阿娘当年捡到你的时候雪下得有多大……"

女娃："……"

女娃："雪下得真大。阿爹阿娘，孩儿想出去玩雪。"

某夫："外头天寒地冻的，玩什么玩，仔细冻出病来。"

女娃："孩儿便玩一会儿。"

某夫："娘子，为夫是想不出法子留她了……娘子你拿菜刀作甚？"

某妻："奴家今日便给夫君表演一个刀下留人。"

女娃："……孩儿忽然觉得家里就很好玩。"

某妻："孩儿，你不精女红不识厨艺不通琴棋书画是会嫁不出去的。"

女娃："阿娘也不会，不是也嫁了吗？"

某妻："阿娘与你不同，阿娘长得好看。"

男娃："阿娘，孩儿都这么大了，动不动便让孩儿跪搓衣板不太好。"

某妻："除非你结成了亲。"

男娃："是不是只要孩儿弱冠成亲了算成年人了，阿娘便不让孩儿跪了？"

某妻："嗯，你成亲之后便换你媳妇儿让你跪了。"

某次男娃犯错。

某妻："做错事便要勇于承认，人非圣贤，孰能无过？过而能改，善莫大焉。只要你承认错误，阿娘便不会打你。"

男娃："孩儿若承认了，阿娘担保绝不打孩儿？"

某妻："阿娘绝不打你。"

男娃："那孩儿承认。"

某妻："夫君，打他。"

男娃："……"

次日女娃犯错。

某妻："做错事便要勇于承认，人非圣贤，孰能无过？过而能改，善莫大焉。只要你承认错误，阿娘便不会打你。"

女娃："倘若孩儿承认了，阿娘当真绝不打孩儿？"

某妻："阿娘绝不打你。"

女娃：“也不让阿爹来打孩儿？”

某妻：“也不让阿爹来打。”

女娃：“孩儿知错了。”

某妻：“好孩子，去跪搓衣板吧。”

女娃：“……”

某妻：“祝孩儿生辰快乐。”

女娃：“谢谢阿娘当年怀胎十月，辛辛苦苦生下孩儿。”

某妻：“不必言谢，阿娘当年也只是想生着玩玩。”

女娃：“……”

某夫：“娘子，你说以后谁若是娶了咱们女儿……”

某妻：“哪个人这般倒霉，娶了咱们的女儿，真是可怜。”

某夫：“那应该是他上辈子造孽太多了，不值得同情。”

某妻：“倒也是。”

女娃：“……”

某妻：“你们喜欢玩水吗？”

男娃：“当然。”

女娃：“喜欢。阿娘要带我们去泅水吗？”

某妻：“不是。既然你们都喜欢玩水，

那便去将碗箸洗一洗吧。”

女娃：“……我猜到了开头，却没猜到结尾。”

男娃：“好。”

某妻：“咦，儿子今天怎么这么听话？”

男娃：“因为今天是阿娘生辰，孩儿希望阿娘开心快乐。”

女娃：“嗯，我也是，希望阿娘开心快乐。”

某妻：“好孩子，那顺便将衣裳也全洗了吧。”

男娃：“……”

女娃：“……”

某夫：“娘子，咱们还要孩子吗？”

某妻：“咳咳，不要了吧……”

某夫：“你们阿娘说不要你们了。”

男娃：“？？？”

女娃：“？？？”

女娃：“阿爹，你做的这道菜太好吃了。”

某夫：“好吃也不能吃这么多，当心吃多了变胖，以后嫁人了遭丈夫嫌弃。”

某妻：“……夫君，奴家吃饱了。”

某夫：“怎的才吃两口就饱了？娘子近来形容消瘦，应多吃一些才是。”

某妻："奴家怕吃胖了，夫君会嫌弃奴家。"

某夫："傻瓜，娘子吃胖了在为夫心里便多占一点位置了呀，那为夫便更爱娘子了，如何会嫌弃娘子呢？"

女娃："……"

男娃："妹妹，子曰：食不言寝不语。吃饭便好好吃饭，说这许多话作甚？"

女娃："哥哥，你这饿虎吞羊的模样，是想吃多点，好想在阿爹心里多占些位置吗？你别妄想了，阿爹已被猪油蒙了心，心里只有阿娘了。"

男娃："此番在阿爹心里占位置是无望了，但求能在阿娘心里占些位置。"

某夫："吃好了赶紧去做课业。"

男娃："孩儿还未吃饱。"

某夫："小孩子不要吃太多，容易积食。"

男娃："……"

女娃："哥哥，子曰：食不言寝不语。吃饭便好好吃饭，说这许多话作甚？"

男娃："……"

某夫："孩儿们，阿爹刚煮的饺子，来尝一个。"

女娃："阿娘，看到没，这就是爹。"

某夫："熟了吗？"

女娃："嗯，熟了。"

男娃："火候刚好，早一点出锅则

不熟，晚一点出锅则破皮。”

某夫：“看来是熟了，娘子来吃吧。”

某妻：“看到没，这就是丈夫。”

男娃：“……妹妹，你还说是爹吗？”

女娃：“……大约是后爹吧。”

某妻：“夫君，奴家想去熙和楼吃杏花鹅。”

某夫：“是为夫去给娘子买回来，还是带娘子去？”

某妻：“夫君有所不知，这吃的学问可大着呢，十之八九的菜式，在出锅的两刻钟内食用才是最美味的。”

某夫：“那咱们便去熙和楼吃。”

某妻：“带上孩儿们一起去吧。”

某夫：“不必。”

女娃：“……”

男娃：“……”

某夫：“娘子，你身子弱，快歇着，扫地这种粗活哪是娘子做的事？”

男娃：“我觉得阿爹是真的很爱阿娘。”

女娃：“我也觉得是。”

某夫：“儿子，过来，扫地。”

男娃：“……是。”

女娃：“……我觉得阿爹是真的不太爱哥哥。”

某夫:“女儿,去把碗箸洗了。”

女娃:“……好。”

男娃:“……我觉得阿爹也是真的不太爱妹妹。”

夜里,风雪交加,某夫轻叩男娃房门。

某夫:“孩儿入睡否?”

男娃:“阿爹如此深夜还不入睡?”

某夫:“方才阿爹惹得你阿娘不快,你阿娘将我赶了出来,如今天寒地冻的时节,书房如何睡得了?特来孩儿处求收留一宿。”

男娃起身披衣开门。

男娃:“……阿爹你都多大的人了,连个小小的女子都哄不好,岂不是丢我们男人的脸?”

某夫:“是是是。”

男娃:“阿爹要是对阿娘有来此求收留的一半脸皮厚,又何至于此?”

某夫:“外头风大,阿爹可进去否?”

男娃:“阿爹请进。”

父子俩刚和衣盖被,又听得有人叩门。

某妻:“孩儿入睡否?”

男娃:“……阿娘如此深夜还不入睡?”

某妻:“外头风大,阿娘可进去否?”

男娃又起身披衣开门。

某夫:“娘子多说无益,为夫今夜

无论如何不会回房去睡的。"

男娃："……果然活得久了，便什么事都能见到了。"

某妻："此事是奴家的不是，夫君宰相肚里能撑船，便原谅奴家一次吧。"

男娃："阿娘究竟做错了什么，惹得阿爹这般……发小媳妇脾气？"

某妻："这样，阿娘今晚也在此处睡了，孩儿今晚且到阿爹阿娘房里去睡。"

男娃："……也只有如此了。"

男娃双脚刚踏出房门，背后某妻便以迅雷不及掩耳之势关了门，上了门闩。

男娃："……"

男娃裹着棉衣自西厢房跑至东厢房，只见一窗扇摇摇欲坠，难掩寒风簌簌。

男娃："……"

某夫："夕食想吃什么菜？"

女娃："孩儿想吃野笋炒肉。"

男娃："孩儿想吃碧螺虾仁。"

女娃："清炒栀子花也行。"

男娃："虫草甫里鸭也行。"

某夫："我没问你们。"

女娃："……"

男娃："……"

某夫："娘子，晚饭想吃什么菜？"

某妻："方才孩子们说的，各做一样吧。"

某夫："……"

女娃："唉唉唉，到底是媳妇儿的话好使。"

男娃："阿爹阿娘，太白楼的菜好吃吗？"

某夫："你看你们阿娘的肚子便晓得好不好吃了。"

某妻："你们吃饭了吗？"

女娃："哼，没良心的爹娘双双上饭馆去吃山珍海味，留两个可怜的孩子在家里啃窝窝馒头。"

某妻："只吃馒头怎么行呢？"

女娃："如今知道心疼了吗？刚才干什么去了？"

某妻："不能只吃馒头，记得多喝点水，要不容易噎着。"

男娃："……"

女娃："……这个家我是待不下去了。"

男娃："阿娘，孩儿有事想与您谈谈。"

某妻："孩儿今日怎的神色这般严肃凝重的，可是什么大事？"

男娃："阿娘，你不要乱花银子了，把银子攒起来做点正经事吧。"

某妻："……买东西不是正经事那

什么是正经事？”

男娃：“孩儿长大成人娶媳妇可是要花银子的。”

某妻：“……”

某夫：“你们阿娘花的银子是阿爹给的，你要娶媳妇便自己挣了钱再娶。”

某妻：“咳咳……”

男娃：“……”

女娃：“……”

某妻：“孩儿晓得阿娘有多爱你吗？”

男娃：“有多爱？”

某夫：“你稍小一些的时候，你阿娘弃阿爹在家中照看你们，只身回了你们外祖父家，原本说要在那里小住几日的，不想次日你便心生好奇去翻你们阿娘的妆奁镜屉，失手打翻了好些胭脂粉黛，你们阿娘听闻后竟连夜风风火火赶了回来，只为将你打一顿。”

男娃：“……阿爹，孩儿有一事不明，阿娘远在外县的外祖父家，又是如何得知孩儿在家中所犯之事呢？”

某夫：“咳咳……”

女娃：“好像是阿娘当时回外祖父家想多住些时日，略尽尽孝道，阿爹与阿娘分别两日，阿爹便难忍相思之苦，遂找了个由头，让阿娘不得不回来罢了。阿爹真是心思深沉，竟连亲生孩子也要算计。”

某夫：“咳咳……”

女娃：“阿爹，阿娘的胭脂粉黛，别是你故意打翻栽赃嫁祸哥哥的吧？”

男娃：“阿爹？”

某妻：“夫君，果真如此吗？”

某夫：“咳咳，娘子，都是些陈年往事了，便不要重提了吧。”

女娃：“唉唉唉，真真是情到深处，丧尽天良。”

某夫：“咳咳……”

某夫：“娘子，你过来，看看为夫给你买的这套衣裳好不好看。”

某妻：“好看好看。对了，夫君，你怎的一个人回来了？女儿不是与你一同出门的吗？”

某夫：“她……”

某妻：“夫君将她弄丢了？”

某夫：“为夫方才无意间瞥见这套衣裳，便觉得很适合娘子，奈何为夫出门匆忙，忘了带银子，本想赶回来取，又怕被他人买了去，便将女儿押在店里了。”

某妻：“……”

男娃：“……”

某夫：“娘子，这是治女儿风寒的药，

娘子记得熬给她喝，一日熬一副或是两副都可。"

某妻："奴家知道了。"

女娃："阿爹，那究竟熬一副还是两副呢？"

某妻："你渴了便熬两副，不渴便熬一副。"

某夫："……"

女娃："……"

女娃："阿娘，孩儿觉得苦瓜炒牛肉里的苦瓜确是不好吃，以后可不可以不做这道菜？"

男娃："孩儿附议。"

某妻"大约是你们阿爹做得不好吃，下次阿娘试试。"

男娃："……窃以为是苦瓜本身做不出好吃的菜式，不怨阿爹。"

女娃："孩儿附议。"

某夫："你们两个，挑食的坏毛病须得改改。"

某妻："可不是，你们看阿爹阿娘便不挑食，煮什么便吃什么。"

女娃"阿爹是如何做到不挑食的？"

男娃："因为是阿爹煮的菜，不喜欢吃的不会煮。"

某夫："……似乎是这样道理。"

女娃："那阿娘又是如何做到不挑食的？"

男娃："因为是阿娘买的菜，不喜欢吃的不会买。"

某妻："……你知道得太多了。"

男娃："咳咳……"

男娃："阿……阿娘……你不是要去医馆看阿爹吗，怎的又折回来了？"

某妻："外头风大，回来添件外衫。你后面藏了什么？"

男娃："没……没什么……"

某妻："拿出来。"

男娃："孩儿闻着香，便忍不住尝了一点儿……"

某妻："你竟学会偷喝酒了？"

男娃："孩儿知错了，认打认罚，绝不会有下一次。"

某妻："说什么胡话呢？哎呀呀，我儿终于长大了，会喝酒了。"

男娃："阿娘，你是不是被孩儿气疯了？"

某妻："你且慢慢喝，阿娘也不去看你阿爹了，这便去给你炒几个下酒菜来。"

男娃："……"

女娃："阿娘，你学着温婉贤淑，要是孩儿日后学得与阿娘一般如何有人愿意娶？"

某妻："你嫁不嫁得出去是你的事，终归阿娘是已经有人娶了。"

女娃：“……”

某妻：“夫君今晚陪奴家去夜市逛逛可好？”

某夫：“好。”

女娃：“阿爹阿爹，孩儿也想去。”

某夫：“乖，和哥哥在家看家。”

阿猫：“汪。”

女娃：“阿猫说它看家。”

阿猫：“……”

某夫：“它自己在家会难过。”

男娃：“不怕，有映雪陪它。”

映雪：“……喵。”

某夫：“但是阿爹今晚只想和你们阿娘单独过。”

女娃：“……”

男娃：“……”

某妻：“奴家听闻，前天晚上邢老二媳妇连妆奁都被偷了。不想在这太平盛世，竟还有窃贼翻墙撬门偷东西。”

男娃：“听闻邢二婶昨日早间起来梳妆发现首饰被窃便号啕大哭。”

女娃：“邢二叔赶忙给她买了几样饰物，她才稍稍收住了哭声。”

某妻：“倘若这窃贼稍有些爱岗敬业的精神，再稍加打听便晓得奴家的首饰更精致值钱些，既知晓却不来此行窃，莫不是这窃贼竟是个笨贼，脑瓜不灵光？”

某夫：“约莫是稍加打听不打紧，不小心便打听到咱们家住着一只母老虎，量他再胆大包天，也不敢拿性命开玩笑来此行窃的。”

某妻：“嗯，母老虎吗？”

男娃：“……阿爹，孩儿觉得你可能活腻了。”

女娃：“……又或者，阿爹你是嫌命太长。”

某夫：“娘子，为夫说的母老虎是指映雪。”

映雪：“……喵。”

某妻：“映雪分明是一只猫。”

男娃：“阿爹，经此事后，切莫再逞口舌之快，所谓祸从口出。孩儿先去做课业了。”

女娃：“阿爹，以后多喝热水少作死。孩儿去看哥哥做课业了。”

某夫：“……”

某妻：“夫君还有什么要说的吗？”

某夫：“嗯，为夫说的母老虎其实是指女儿，方才她在此，不忍道破，恐伤她自尊。”

女娃：“……”

男娃：“……”

男娃：“阿娘，我们回来了。”

女娃："阿爹，还有饭吗？"

某夫："嗯，还剩点儿。"

某妻："夫君，孩儿们将饭吃完了映雪和阿猫吃什么？"

某夫："无碍，一会为夫再给映雪和阿猫做点好吃的。"

映雪："喵。"

阿猫："汪。"

女娃："……"

男娃："……"

女娃："阿爹，你究竟有多爱我阿娘？"

某夫："阿爹且问你，阿爹待你好不好？"

女娃："阿爹待孩儿自然是极好的。"

某夫："爱屋及乌，阿爹待你好，其实全都是看在你阿娘的面子上。"

女娃："……"

【第二十六章】你是想气死我，好继承我的首饰吗？

某夫："孩儿，快去哄哄你阿娘。"

女娃："阿爹如何不自己去哄？"

某夫："你阿娘正在与阿爹置气呢，阿爹去岂不是火上浇油？"

女娃："阿爹自己都不敢去，还让

孩儿去，万一阿娘气头上打孩儿出气如何是好？”

某夫：“……”

某夫：“你们阿娘生阿爹的气，你们说如何是好？”

男娃：“阿娘先前不是说过么，对于女子来说，没有什么事情是一盒脂粉解决不了的，倘若有，便是两盒。倘若还不能解决，便再买两套衣裳两样首饰。舍不得孩子，套不着狼，舍不得银子，便讨不着媳妇欢心，道理都是一样的。”

女娃：“实在不行，阿爹便再娶个姨娘，分了阿爹一半的宠爱，一半的衣裳，一半的首饰，还有一半的脂粉。”

某夫：“……”

某妻：“我都听到了，别将你阿爹教坏了。”

某夫：“娘子，你不生为夫的气了？”

某妻：“夫君，你不觉得，儿子说得很有道理？”

某夫：“为夫觉得，女儿说得也很有道理。”

某妻：“你敢！”

某夫：“不敢不敢。”

某妻：“走吧。”

某夫：“去哪儿？”

某妻：“买东西呀，衣裳首饰脂粉，一样也不能少。”

某夫："好好好，娘子开怀便好。"

某妻："对了，儿子，你拿块搓衣板给妹妹跪一跪。"

女娃："……"

女娃："孩儿走累了，阿爹可以背孩儿吗？"

某夫："你都多大了竟还要阿爹背？"

女娃："阿娘这么大了，还不是要阿爹背？"

某妻："咳咳……"

某夫："……"

早间。

母女置气。

某夫："孩儿你脾气须得改改，怎的如此不懂事，没事惹你阿娘作甚？好了好了别哭了，阿爹给你买好吃的，孩儿想吃什么？"

女娃："孩儿想吃糖葫芦、莲叶羹、铜钱包、香薷饮、玫瑰酥、糖蜜糕、桂花糕、糖蒸酥酪、枣泥拉糕、梅花香饼、七巧点心……"

某夫："罢了，我还是去哄你阿娘吧……"

女娃："……"

某夫："孩儿年纪尚小不懂事，娘子犯不着与她置气。娘子莫哭，娘子想要什么，为夫去给娘子买。”

某妻：“奴家想买绞丝银镯、玉叶金蝉簪、玉垂扇步摇、金碧莲花链、烧蓝镶金花钿、童子骑鹿耳环、金柳挂钗花冠、翠镶碧玺花扁方、金镶玉蟾宫折桂分心……”

某夫：“算了，为夫还是去哄女儿吧……”

某妻：“……”

某夫：“娘子气消了，今夜可回房睡了吗？”

某妻：“谁说奴家气完全消退了？”

某夫：“……”

某妻：“夫君再自己睡几天吧。”

女娃：“是啊是啊，阿爹再留阿娘陪孩儿睡几天吧。”

某夫：“孩儿都多大了，还要你阿娘陪你睡？”

女娃：“阿爹都多大了，还要我阿娘陪你睡？”

男娃：“……”

某夫：“……”

【第二十七章】谁家孩子读书不这样呢？

女娃和同窗打架。

夫子："回去请你的父母来学堂一趟。"

女娃："不必，我打得过他。"

夫子："和你打架的同窗已经回去叫他父亲了。"

女娃："……两个我也打得过。"

夫子："……"

女娃："阿爹，孩儿今日不能去上学堂了。"

某夫："为何不能去了？"

女娃："孩儿觉得浑身头疼。"

男娃："……你究竟有几个头？"

某夫："都有哪些头疼？"

女娃："头疼，额头疼，鼻头疼，舌头疼，手指头疼，还有脚指头也疼。"

男娃："……"

某夫："……"

某妻："孩儿你为何打人？"

女娃："孩儿见他摔倒了，便去安慰他，叫他不要哭，岂料他却还是不肯止声，太不听话了，孩儿忍无可忍，便将他打了。"

某妻："……"

女娃："阿爹，你今日送孩儿去学

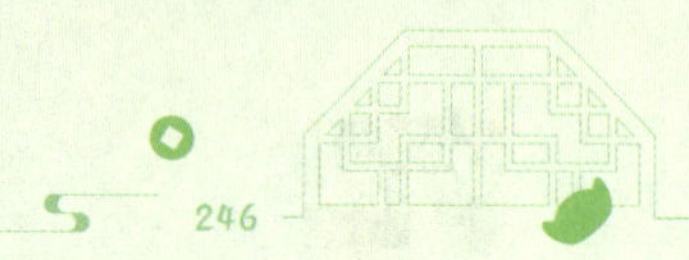

堂吧。”

某夫：“孩儿可是又想买吃食了？”

女娃：“不是，夫子昨日说，想看看阿爹是个什么样子，竟生出这般调皮的孩子。”

某夫：“……”

夫子：“假若你家有四口人，养了两头猪，一共有几头猪？”

女娃：“六……六头？”

夫子：“……”

夫子：“你能说出一个与‘缘木求鱼’意思相近的成语吗？”

女娃：“杀鸡取卵。”

夫子：“不对不对，缘木求鱼，指的是方向、方法不对而达不到目的。”

女娃：“夫子，我杀的是公鸡。”

夫子：“……”

夫子：“今日怎的又迟到了？”

女娃：“这个……我们家的公鸡冻僵了，以至于学生未能准时起床。”

夫子：“……”

某妻：“这几日倒是挺安分，夫子

说你不打同窗了。”

女娃：“打了，孩儿威胁他，不让他告诉夫子罢了。”

某妻：“……”

夫子：“令爱天资聪颖，只是上课讲话太多。”

某夫：“夫子倘若认识她母亲的话，便不会奇怪了。”

夫子：“……”

某妻：“夫子说女儿在学堂里过于淘气，要与咱们一起去，奴家以为，夫君一人去便可。”

某妻：“娘子为何不去？”

某夫：“奴家小时候上学堂便常常被夫子训诫，不想如今为人母了还得去听他训诫，实在有负师恩，羞愧不已。”

某夫：“……”

夫子：“你怎的写个‘一’字都这般歪歪斜斜的？”

女娃：“学生刚写的时候是很平直端正的。”

夫子：“你自己看看这叫平直端正吗？”

女娃：“大约是学生写完后，忽然

起了大风，被风吹成这副模样的吧！”

夫子：“……”

女娃：“阿爹阿娘，孩儿今日才晓得，原来夫子和咱们家竟是亲戚呢！”

某妻：“夫君，什么亲戚，奴家如何不晓得？”

某夫：“……大约是远房表亲，为夫也不甚了解。孩儿你是如何知晓的？”

女娃：“今日夫子管孩儿叫姑奶奶。”

某妻：“……”

某夫：“……”

女娃：“阿娘，今日夫子夸孩儿好看呢！”

某妻：“夫子如何夸的？”

女娃：“夫子说：你这个小姑娘生得这般好看，字如何写得这般难看呢？”

某妻：“……”

夫子：“你将《咏鹅》背一遍。”

女娃：“鹅，鹅，鹅，曲项向天歌……”

夫子：“白……”

女娃：“白日依山尽。”

夫子：“……是白毛浮绿水。下一句呢？”

女娃：“嗯……夫子，下一句是什

么来着？"

夫子："红……"

女娃："红豆生南国。"

夫子："……你阿爹阿娘若是听到你将诗词背成这般境界，怕是要气得急火攻心。"

女娃："不会的，我阿娘背得还没有我好。"

夫子："……"

某夫："孩儿，夫子说你近来很喜欢翻墙。"

女娃："夫子说谎。"

某夫："孩儿没翻吗？"

女娃："翻了，但孩儿一点也不喜欢。"

某夫："……"

【第二十八章】我走过最长的路，是父母说的姻缘路。

男娃："……阿娘，为何要把孩儿打扮成女孩子的模样？"

某妻："阿娘这般用心良苦，其实是为了让你长大了多一些有趣的回忆。"

男娃："……可是方才林员外的儿子将孩儿当成姑娘了，含情脉脉地对我说喜欢我，又深情款款地道将来长大了必八抬大轿来迎娶孩儿。阿娘又怎么说？”

女娃：“……唉，可见哥哥比孩儿有魅力多了。”

某妻：“呃……如此也好。所谓父母之爱子，则为之计深远。若以后你遇不到喜欢的姑娘，也不至于茕茕一生，你说是不是？”

男娃：“……阿娘真是深谋远虑。”

某夫：“……”

男娃：“若以后妹妹嫁了夫婿，阿爹阿娘会是哪般心情？”

某夫：“大抵会很难过吧，便好比自己辛辛苦苦种的白菜却被别人养的猪拱了一般。”

女娃：“……那倘若是哥哥娶了媳妇儿呢？”

某夫：“那便极欣慰了，好比自己辛辛苦苦养的猪终于会拱别人种的白菜了。”

女娃：“……”

某妻：“也不见得吧，若是咱们辛辛苦苦养的猪被别人养的猪拱了呢？”

女娃：“……”

某夫：“……”

男娃：“阿娘……”

某妻：“咳咳，当然也有欣慰的，好比阿娘与阿爹随随便便养的猪将别人辛辛苦苦养的猪拱了。”

某夫：“……”

女娃：“……”

男娃："……"

女娃："阿娘，哥哥喜欢的小美人好似对哥哥爱搭不理的呢！"

某妻："天涯何处无芳草，何必单恋一枝花？"

女娃："什么意思？"

某妻："天下男子多的是，何必喜欢一个姑娘？"

男娃："……"

某夫："……"

女娃："待孩儿及笄，阿娘希望孩儿嫁与怎样的夫婿？"

某妻："活的便好。"

某夫："……"

女娃："……难道不是还要是个男的吗？"

某妻："孩儿你要求这样高，当心嫁不出去。"

女娃："……"

男娃："待孩儿结冠，阿爹希望孩儿求娶怎样的女子？"

某夫："不是你阿娘这样的都行。"

某妻："……"

男娃："若寻了个年纪比孩儿大几岁的，阿娘可介意？"

某妻"你便是寻个比阿娘大几岁的，

阿娘也不会介意。”

男娃：“……”

男娃：“阿爹阿娘，教书先生请你们午饭后同我去一趟学堂，他说有事要与你们说……”

某夫:“可有说是什么重要的事吗？”

女娃：“我隐约听说哥哥和一个女同窗往来甚密，还曾因此被先生训过一次呢！”

男娃：“……这同窗之间学习交流谈笑往来，有什么值得大惊小怪的？”

女娃：“听说今日哥哥那个女同窗的阿爹阿娘也要去的。”

某妻：“那女同窗长得如何？”

女娃:“我见过几次，长得粉雕玉琢、软软糯糯的，好看得紧。”

某妻：“这可如何是好？”

某夫：“娘子莫慌莫急，且到学堂弄清究竟……娘子你这翻箱倒柜的找什么呢？”

某妻：“找衣裳首饰呀！这亲家初次见面，咱们万万不能含糊的。夫君你也换身沉稳庄重一些的衣裳，再入市挑选些体面像样的礼物，不能让儿子跌份儿了。”

某夫：“……”

女娃：“……”

男娃:“……阿娘，孩儿今年才7岁。”

某妻："……喔，孩儿今年才7岁呀？"

男娃："……"

某妻："那也不要紧，所谓光阴似箭，日月如梭，束发加冠也就是一眨眼的事。"

男娃："……"

女娃："……"

某夫："……"

女娃："阿娘，阿爹马上便要当爷爷了。"

男娃："……胡说，我……我才7岁……"

女娃："我没胡说。"

某妻："夫君，莫不是你年少轻狂放荡不羁在外头欠了某个姑娘的风流债，生了个儿子，如今儿子长大了又生了娃娃，便想认祖归宗，再顺便找夫君去享享儿孙绕膝天伦之乐？"

某夫："为夫尚在志学之年便被娘子盯得死死的，便是想在外头欠笔风流债，为夫也得有这样的机会才行。"

某妻："那便是件怪事了。"

女娃："阿爹，你不是在院子里种了几棵葫芦吗？孩儿瞧着快成熟了。"

男娃："……"

某夫："……"

某妻："……"

某宅后院亭中，一男子正在教一女子书法，三丈外廊下一女娃在看一男娃背书，忽见亭中女子以迅雷不及掩耳之势亲了男子脸颊。

女娃："……哥哥，阿娘方才亲了阿爹。"

男娃："……我看见了。"

亭中。

某夫："……娘子，这光天化日朗朗乾坤的，你这样不好。"

某妻："夫君，你这是非礼奴家。"

廊下。

女娃："……方才是我瞎了吗？"

男娃："不是，是阿娘睁眼说瞎话。"

亭中。

某夫："……分明是娘子亲的为夫，怎么却反过来说为夫非礼娘子？"

某妻："夫君，你听说过'来而不往非礼也'这句话吗？这便是说，奴家亲了夫君，夫君便得亲回去，不然就算夫君非礼奴家。"

女娃："如此也行？哥哥，你且学着点，如此便可理直气壮地去非礼你那个粉雕玉琢的女同窗了。"

男娃："……休……休要胡说。"

女娃："阿娘阿娘，不得了不得了……"

某妻："什么事情这样失态无仪？

做人要学会处事不惊，所谓泰山崩于前而色不变，麋鹿兴于左而目不瞬。阿娘这字原本练得好好的。”

女娃：“孩儿也是关心则乱，才失了分寸。”

某妻：“从容道来。”

女娃：“方才孩儿在医馆看到一只狐狸精，搔首弄姿的，意欲勾引……”

某妻：“什么狐狸精什么勾引的？女孩子家家的，怎能说这般粗俗的话呢？这样不好。好在今日没有外人在，不然免不了说道阿爹阿娘对你家教不严管教无方。且措辞重来。”

女娃：“……是……孩儿方才在医馆瞧见一位狐仙，鸾姿凤态的，想要度化阿爹。”

某妻：“……度化？你阿爹？”

女娃：“对。”

某妻：“勾引？”

女娃：“阿娘，女孩子家家的，怎能说这般粗俗的话呢？这样不好。好在今日没有外人在，不然免不了说道孩儿与哥哥对阿娘家教不严管教无方……”

某妻：“你且说是也不是？”

女娃：“……粗俗地表达，大概是这样。”

某妻：“呔！何方妖孽如此放肆，待阿娘去收了她！”

语毕笔折。

女娃：“……阿娘，做人要学会处

事不惊，所谓泰山崩于前而色不变，麋鹿兴于左而目不瞬。”

某妻：“这些话都是古人编来骗人的。”

说罢某妻风风火火夺门而出，只余女娃于风中凌乱，扶额无语。

某妻：“女儿，日后你及笄待嫁，千万不要嫁个皮囊好看的夫婿，好看的大多风流，最易招蜂引蝶拈花惹草，知道吗？”

女娃：“那阿爹那么好看，阿娘还不是嫁给了阿爹？也没见阿爹拈过花，惹过草。”

某妻：“你不见阿娘从来不让你阿爹穿好看的衣裳？”

女娃：“……”

某夫：“……”

女娃：“阿爹，阿娘已然嫁给了你，怎么逢年过节阿爹还要给阿娘买衣裳首饰脂粉？”

男娃：“孩儿还未见过钓上来的鱼还喂鱼饵的。”

某夫：“你们阿娘与别的女子不同。”

某妻：“咳咳……”

女娃：“有何不同？”

某夫：“你们阿娘，是鳄鱼。”

某妻：“……”

某夫：“咳咳，娘子想要什么，为夫这便去买。”

女娃：“哥哥，你那位粉雕玉琢的女同窗瞧着不像鳄鱼，可以钓回来。”

男娃：“……提……提她作甚？”

女：为何那两只狮子张口为母，闭口为公？

母的话多。

……哦。

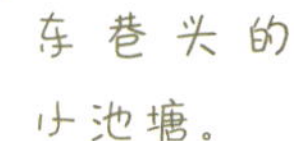

娘子心情不郁，可要为夫带你去散心？
蓬莱和西湖，夫君选？
东巷头的小池塘。
村头

娘子竟去过蜀地？
不曾。
那娘子怎会这般炉火纯青的变脸？

夫君可会吃着碗里看着锅里？
娘子不是将锅都端走了？
倒也是。

卷四：

催婚·小舅舅篇

【第二十九章】现在催个婚都这么有“才华”的吗?

某妻:“弟弟呀，你二十了吧，怎的还不带姑娘回家见父母亲?”

舅舅:“……阿姊，你记错了，我今年才十五。”

某妻:“哪有记错，四舍五入便是二十了。”

舅舅:“……”

某妻:“弟弟呀，你是不是要抓紧给阿姊寻个弟妹了?”

舅舅:“……阿姊你急什么，我才行了冠礼。”

某妻:“实在是因父母亲年纪大了，膝下寂寞。”

舅舅:“阿姊要相信，总会有一个人在等着弟弟的出现。”

某妻:“谁?阎王爷吗?”

舅舅:“……”

舅舅:“阿姊你听听，对面家新娶的媳妇又在骂自己的小姑子了。”

某妻:“若是你能给阿姊找个弟妹，她便是日日打阿姊，阿姊也欢喜。”

舅舅:“……”

舅舅："阿姊，呐，这是我方才上山猎到的鹿，身手可还行？"

某妻："身手这般了得，怎不给我猎一个弟妹回来？"

舅舅："……"

某妻："弟弟呀，你看你都这把年纪了，还未有个未婚妻，也没有半点着急的样子，如今参加他人婚礼，莫不觉得心头痒痒，也想成亲？"

舅舅："那阿姊你参加他人葬礼，可会也想去死？"

某妻："……嗯？"

舅舅："我说阿姊你今日格外美艳动人。"

某妻："……"

舅舅："阿姊，你生辰可有什么想要的物件？"

某妻："珍宝阁刚出的景泰蓝红珊瑚耳环挺好看。"

舅舅："……可否换一样？"

某妻："红玛瑙手镯也不错。"

舅舅："……这些都是俗物，阿姊品位高雅，可有什么精神上的愿望？"

某妻："那我想要个弟媳妇。"

舅舅："……阿姊你方才要的那两样，我这便去买。"

某妻：“……”

舅舅：“你学业如何了？”

女娃：“小舅舅，你何时成亲呀？”

舅舅：“舅舅还没有心仪的姑娘，成亲还早着呢！”

女娃：“小舅舅也别灰心，以后少操心别人家的事，灯会庙会时多出去逛逛看看，城里出名的红娘媒婆不少，你多走动走动，虽说姻缘这事强求不来，但谋事在人，诚心祝愿小舅舅早日觅得佳人，尽早成亲。免得我老是因担忧你娶不到小舅娘而影响学业。”

舅舅：“……”

某妻：“弟弟啊，你看今日阳光明媚、风和日丽、晴空万里，你可有心仪的姑娘呀？”

舅舅：“……咳咳，多谢阿姊关心，小外甥学业如何了？”

男娃：“多谢小舅舅挂怀，马马虎虎。”

女娃：“小舅舅，前几日哥哥的夫子褒奖了他还有他喜欢的那个粉雕玉琢的女同窗，也就是我未来嫂子。对了，小舅舅，你有心仪的姑娘了吗？”

舅舅：“……”

男娃：“……”

【第三十章】亲姐才不会说我娶不到媳妇!

某妻："弟弟呀，别光吃牛肉不吃青菜，吃青菜对身体好。"

舅舅："牛是吃草的，我吃牛肉便也是间接吃了青菜。"

某妻："那，你经常吃狗肉又如何算？"

舅舅："……"

某妻："弟弟啊，你有意中人了吗？"

舅舅："我是神仙，和凡人谈情说爱是触犯天条的。"

某妻："那你以后都不必吃饭了。"

舅舅："……何至于此？"

某妻："神仙不都是不食人间烟火的吗？"

舅舅："……"

舅舅："阿姊，我听闻姑娘一般都喜欢面如冠玉、貌比潘安的男子，长相果真这般重要吗？"

某妻："三分天注定，七分靠打拼，剩下的九十分全部看长相。你说重要不重要？"

舅舅："……"

某妻："弟弟，不知为何，我一见你，便生出几分作诗的兴致来。"

舅舅："阿姊还会作诗？"

某妻："我念给你听听？"

舅舅："弟弟洗耳恭听。"

朋友："两只黄鹂鸣翠柳，你连媳妇都没有。"

舅舅："……"

舅舅："阿姊，熬什么药呢？可是谁患疾了？"

某妻："凉茶。我瞧你近来有些上火。"

舅舅："我好好的，哪里上火了？"

某妻："你这把年纪了都没个姑娘喜欢，你不上火，我瞧着都上火。"

舅舅："……"

舅舅："若实在寻不到女子做媳妇，便只能找个男子共度余生了。"

某妻："女子都瞧不上你，却还指望有男子看得上你吗？"

舅舅："……"

舅舅："阿姊，你怎的天黑了才回来？"

某妻："弟弟呀，你收拾一下东西。"

舅舅："出什么事了？"

某妻："我白日去找你喜欢的那姑

娘的母亲打麻将，把你输掉了。”

舅舅：“……所以呢？”

某妻：“所以你要去给她们家做上门女婿。”

舅舅：“……”

舅舅：“阿姊，今日初三，记得送穷鬼。”

某妻：“你今日便要走了吗？”

舅舅：“……”

舅舅：“阿姊，我今日要走了。”

某妻：“怎的今日便要走了？莫非是嫌阿姊招待不周，怠慢你了？”

舅舅：“阿姊多虑了，自然不是。”

某妻：“那为何这般着急？再多住些时日也好啊……”

舅舅：“阿姊，我自然晓得你舍不得我走，毕竟咱们是亲姊弟，终究是血浓于水的……”

某妻：“莫说这些煽情话，你再多住几日，待年三十的剩菜剩饭吃完再走吧。”

舅舅：“……”

某妻：“弟弟呀，今日元宵节，你可邀了姑娘去看花灯？”

舅舅："阿姊莫要取笑弟弟了，我哪认识什么姑娘？"

某妻："既如此，你便带你两个外甥玩吧，我要与你姊夫去看花灯。"

舅舅："……"

舅舅："阿姊。"

某妻："嗯。"

舅舅："阿姊似乎不大高兴？"

某妻："不知为何，近来我看你是越发不顺眼了。"

舅舅："我也是。"

某妻："嗯，你再说一遍？"

舅舅："……我近来看自己也是越发不顺眼了。"

某妻："……"

舅舅："阿姊，母亲让我向父亲学习厨艺，说是怕我日后与媳妇儿吵架置气没饭吃。"

某妻："母亲大概多虑了。"

舅舅："阿姊是觉得我日后娶的媳妇温婉贤淑，待我很好吗？"

某妻："我是觉得你根本讨不到媳妇儿。"

舅舅："……"

某妻：“弟弟呀，父亲与我道，你若再寻不到心上人，他便要去闯一闯，以弥补年轻时留下的遗憾了。”

舅舅：“父亲老骥伏枥，志在千里，身为其子，深感荣幸。所谓人生短短数十载，自然勿要留下遗憾，便由父亲去吧。”

某妻：“弟弟此言极是。”

几日后。

舅舅：“阿姊，你怎的不与我讲，父亲所谓的闯一闯，是要拿原本打算为我置办房屋的银子去与朋友搭伙开布庄？”

某妻：“我与你讲了，你当时还十分赞同，你都不记得啦？”

舅舅：“……”

舅舅：“阿姊，我看你盯着这个粽子许久了，可是这粽子有什么问题吗？”

某妻：“我在想，没有姑娘喜欢你，可是月老拿了你那根红线去绑粽子了？”

舅舅：“……”

舅舅：“阿姊，为何我心仪的那个姑娘总说我是个呆瓜？”

某妻：“你晓得何种境况姑娘会对男子这般说话吗？”

舅舅：“阿姊的意思是……”

某妻：“那姑娘的观察力很敏锐。”

舅舅：“……”

某妻：“弟弟呀，看书莫要连续看太久，对眼睛不好。”

舅舅：“弟弟明白。”

某妻“最好半个时辰便让眼睛休息，看看窗外的景物。”

舅舅：“多谢阿姊关心。”

某妻：“然后好好想想，为何还没有姑娘喜欢你。”

舅舅：“……”

舅舅：“姊夫，你与阿姊结发几年琴瑟和鸣，从未有过争吵，相处之道究竟是什么？”

某夫：“这个简单，但凡我与她意见不一致时，她只消瞪我一眼，意见便一致了。”

舅舅：“……”

舅舅：“阿姊，你听说了吗，咱们小镇的男子从此便只能娶一个媳妇儿了。”

某妻：“听说了，还不是为了保护你们这一类人？避免那些妙龄少女宁愿做你姊夫第一百房妾室，也不肯做你的正房妻子。”

舅舅：“……”

【第三十一章】总被忽悠的舅舅与鬼马精灵外甥的花样相处。

男娃：“妹妹，你说小舅舅娶不到小舅娘，可是因他眼界太高了吗？”

女娃：“哥哥你是不是傻，是如今姑娘们的眼界太高了。”

男娃：“……”

舅舅：“待你长大及笄了，要嫁人便嫁似小舅舅这般有才华的，知道吗？”

女娃：“可是小舅舅，我还是喜欢似阿爹那般长得好看的。”

舅舅：“……我不好看吗？”

女娃：“好看也好看，但我觉得我阿爹更好看些。”

舅舅：“……”

舅舅：“小丫头，你哥哥怎么了，泪汪汪的，也不吭声。”

女娃：“也不晓得做错什么事了，挨阿娘骂了。”

舅舅：“你告诉你哥哥，男儿有泪不轻弹，不然长大了便没有姑娘喜欢了，没有姑娘喜欢便娶不到媳妇了。”

女娃：“那小舅舅小时候是不是经常哭？”

舅舅：“……”

女娃：“对了，我哥哥如今已经有小姑娘喜欢了。”

舅舅：“……”

女娃：“小舅舅，为何蝉白日鸣叫，而蟋蟀却是夜间鸣叫？”

舅舅：“蝉白日鸣叫是为了找媳妇，蟋蟀夜间鸣叫也是为了找媳妇。”

女娃：“那为何白日夜间都不见小舅舅你鸣叫呢？”

舅舅：“……”

男娃：“小舅舅，我是不是生得很难看呀？”

舅舅：“谁说的，你看你粉雕玉琢眸若星辰的，如何这般质疑自己的样貌呢？”

男娃：“可街坊邻居婆婆婶婶都说外甥像舅……”

舅舅：“……”

舅舅：“小丫头，你是你阿爹阿娘捡的，我亲眼所见的，便在我昨日带你

经过的大榕树下。”

女娃：“有件事小舅舅你也许还不晓得，外祖母只生了我阿娘一个。”

舅舅：“……”

女娃：“小舅舅，你猜猜我手里有几个李子，你若是猜对了，我便将手里的两个全都给你。”

舅舅：“两个。”

女娃：“错了，是一个。”

舅舅：“……小小年纪便学会忽悠大人了？”

女娃：“小舅舅这把年纪还被我这样的小女子忽悠，难怪娶不到小舅娘。”

舅舅：“……”

女娃：“小舅舅，你看天上那朵白云，像什么？”

舅舅：“嗯，像什么？”

女娃：“像不像你答应给我买却迟迟没买的糖葫芦？”

舅舅：“……”

女娃：“小舅舅，你的纸鸢能借我吗？”

舅舅：“坏了。”

女娃：“那，空竹呢？”

舅舅：“也坏了。”

女娃：“……滚灯也行。”

舅舅：“这个……也坏了。”

女娃：“……果然邢二婶说得没错。”

舅舅：“什么没错？”

女娃：“男人没有一个好东西。”

舅舅：“……”

舅舅：“正因是婚姻大事，不可儿戏，我才这般慎而重之，你们再催，我只能去朋友家借宿几日了。”

某妻：“朋友，是公子还是姑娘？倘若是公子，住一两日便回来吧，倘若是姑娘，你便是一去不回，阿姊与你姊夫也不会怪你的。”

女娃：“小舅舅你不要走，都是一家人，做什么要闹到这般境地？”

舅舅：“到底还是小丫头有些人情味……”

女娃：“小舅舅你若走了，阿爹阿娘没人唠叨，便该来唠叨我了。”

某妻：“……”

舅舅：“……我走了，不必送。”

女娃：“小舅舅，快来救救我，你阿姊打我。”

舅舅：“阿姊，你有什么事不能好好说，打孩子作甚？”

某妻："你别护着她，她今日为了不上课，竟扯谎欺骗夫子。"

舅舅："那也不能打孩子啊，晓之以理动之以情，才是教育之道。"

某妻："她与夫子说她舅舅死了，她要回来看舅舅最后一眼。"

舅舅："……阿姊你歇一歇，让我来打。"

女娃："……"

某妻："……那你轻点打，别打死了。"

女娃："……"

舅舅："小丫头，我敢叫你阿爹名字，你敢吗？"

女娃："我敢叫我阿爹作阿爹，小舅舅你敢吗？"

舅舅："……"

女娃："小舅舅，你吃这糕点，我也想尝尝。"

舅舅："那，你叫十声小舅舅，我便给你吃。"

女娃："十声小舅舅。"

舅舅："……"

女娃："小舅舅，我真羡慕月亮。"

舅舅："有什么可羡慕的？"

女娃："它阿娘多好呀，晚上还许它出来玩。"

舅舅："……"

舅舅："呔，快放下，这些贡品是供奉神明的，偷吃会遭天谴的。"

女娃："那小舅舅，你与我这般大时，是不是经常偷吃贡品啊？"

舅舅："小丫头是如何知道的？"

女娃："我看出来的。"

舅舅："你倒说说是如何看出来的？"

女娃："因为如今小舅舅便长得跟遭了天谴一般。"

舅舅："……"

女娃："阿爹与我说过君子动口不动手，我便是一直秉承这个做人原则，可这次的事情，我觉得约莫是动得过了点了。"

舅舅："只是过了一点？你看看你将小舅舅咬成什么样子了？"

女娃："……"

女娃："小舅舅，以后你娶了媳妇会不会便不再和我亲近了？"

舅舅："自然不会的。"

某妻："孩儿，你将小舅舅当成什么人了？"

舅舅："知我者，阿姊也。"

某妻："你小舅舅是那种能娶到媳妇的人吗？"

女娃："倒也是，是我想多了。"

舅舅："……"

舅舅："小丫头，夜这般深了，还在做课业？"

女娃："嗯，明日一早夫子要查的。"

舅舅："我看你，便好似看到当年的自己一般。"

女娃"小舅舅当年也是女娃娃吗？"

舅舅："……"

女娃："小舅舅，呐，多吃点菜。"

舅舅："到底是女孩子贴心，晓得给人夹菜。"

男娃："小舅舅，其实她夹给你的，都是她不爱吃的菜。"

舅舅："……"

舅舅："桃之夭夭，灼灼其华。之子于归，宜其家室……"

女娃："小舅舅，有人说过你曲子唱得很好听吗？"

舅舅："没有啊！"

女娃："没有你还唱？"

舅舅："……"

【第三十二章】小舅舅，姑娘应该这样追！

女娃："小舅舅，元宵节可以陪我去看花灯吗？"

舅舅："可小舅舅想约几个好友小酌几杯。"

女娃："好友，可是姑娘？"

舅舅："是男子。"

女娃："那有何好玩的，此事我都帮小舅舅想好了，你同我去看花灯的话，看完回来小舅舅再去约你那些狐朋狗友喝酒，再假意与他们赔礼道歉，便说你是应了姑娘的约，看他们以后还敢说小舅舅没有姑娘相邀。"

舅舅："……"

小舅舅带女娃去逛灯会，看见一佳人掉了条帕子，遂捡了起来。

舅舅："姑娘，你的手帕掉了。"

姑娘转身，盈盈一笑，行了揖礼。

舅舅："敢问姑娘芳名？"

姑娘："……罢了，这帕子小女子不要了。"

舅舅："姑娘的意思是要将它赠予在下做定情信物吗？"

女娃：“……”

姑娘：“……”

女娃：“姐姐，他不是我小舅舅，我不认识他。”

姑娘：“噗……”

女娃：“姐姐，你长得真好看，此次赏灯，可否有幸结伴而行？”

姑娘：“小姑娘真会说话，你既如此盛情，我怎好做推辞之状？”

女娃：“如此甚好。不知姐姐芳龄几许？可有婚配？”

姑娘：“咳咳，尚未。”

女娃：“我小舅舅亦未有婚配。”

舅舅：“咳咳……”

女娃：“但是姐姐万万不可嫁他这样的，虽生了一副好皮囊，奈何太抠门，连串糖葫芦都不肯给我买。”

舅舅：“……”

姑娘：“……”

女娃：“姐姐你真好看。”

姑娘：“小姑娘小嘴真甜，等下姐姐给你买糖葫芦。”

女娃：“你又不曾亲过我，如何晓得我嘴甜？”

姑娘：“咳咳……”

舅舅：“姑娘，请问这条路该如何

走？”

姑娘：“哪条路？”

舅舅：“走进姑娘心里的路。”

姑娘：“……咳咳。”

女娃：“小舅舅，你盘缠攒够了吗？”

舅舅：“……”

女娃：“小舅舅，你当真那般心悦上次看花灯遇到的那个好看的姑娘吗？”

舅舅：“自然。”

女娃：“小舅舅为何喜欢她？”

舅舅：“其形也，翩若惊鸿，婉若游龙。荣曜秋菊，华茂春松。仿佛兮若轻云之蔽月，飘摇兮若流风之回雪。远而望之，皎若太阳升朝霞；迫而察之，灼若芙蕖出渌波……”

女娃：“她这般优秀，小舅舅你扪心自问配得上她吗？”

舅舅：“……”

女娃：“小舅舅，我觉得你不能和那个好看的姑娘在一起。”

舅舅：“小丫头还是觉得小舅舅配不上她吗？”

女娃：“恰恰相反，我觉得小舅舅志向远大，是那姑娘配不上小舅舅。”

舅舅：“小丫头今日竟这般抬举我，

可我倒不晓得自己哪里志向远大了。”

女娃：“你癞蛤蟆想吃天鹅肉呀！”

舅舅：“……”

女娃：“姑娘你这般美貌，可愿意做我的小舅娘吗？”

姑娘：“缘分这种东西，是可遇不可求的，而姻缘，讲的也是两相情愿，所谓强扭的瓜不甜，便是这个道理。”

女娃：“没事儿，我小舅舅不爱吃甜的。”

姑娘：“……可我喜欢吃甜的呀！”

女娃：“我小舅舅会给你买甜食吃的。”

姑娘：“……”

舅舅：“小丫头，姐姐给你买糖葫芦，你待如何感谢姐姐？”

女娃：“谢谢姐姐！”

姑娘：“不必客气，我听你一路说要吃糖葫芦，可巧看到有人在卖，顺手便买了。”

舅舅：“小丫头，谢谢二字便没有了？”

女娃：“我阿娘说了，一般大恩大德要么来世结草衔环以报或是做牛做马相报，要么今生以身相许报之，且不说我如今年纪尚小，不能以身相许，便是出落成亭亭玉立的大姑娘，也没有以身相许给另一个姑娘的道理。”

舅舅：“……所以你要等来世做牛做马才报吗？”

姑娘：“……此等小事，不足挂齿。”

女娃：“来世的事情，不好说，谁晓得来世投胎成何物呢？”

舅舅：“……所以你要耍赖皮吗？”

女娃：“自然不是，我岂是那般小人？来世都是虚的，今生的恩自然要今生报的，小舅舅你既是我舅舅，便由你代我报此大恩如何？”

姑娘：“……”

舅舅：“咳咳，罢了，谁叫我是你舅舅呢！”

姑娘：“……你若能不报，我愿来世做牛做马相报。”

舅舅：“……”

女娃：“……小舅舅，我一向只晓得你遭人嫌弃，不想竟至这等地步。”

舅舅：“……”

某日小舅舅于集市路上遇见两个喝醉酒的纨绔子弟调戏灯会上相识的姑娘，便出手解救。

姑娘：“方才多谢公子出手相救。”

舅舅：“举手之劳罢了。”

姑娘：“不管如何，今日小女子欠公子一个人情，公子有什么要求可与小女子提。"

舅舅："我心悦姑娘已久，倘有幸能与姑娘结秦晋之好……"

姑娘："公子你看，不如这般，今日之事便当小女子欠公子两个人情好了。"

舅舅："……"

女娃："阿娘，我和小舅舅看完花灯回家途中在巷子里遇到了几个市井小混混向我们索要钱财。"

某妻："可有伤着？"

舅舅："有我在，哪会让小丫头伤着呢？"

女娃："多亏了小舅舅，他学武侠小说使了几招花拳绣腿，嘴里念念有词，那几个市井小混混看小舅舅像个傻子便离开了。"

舅舅："……"

某妻："……"

某妻："弟弟呀，我瞧你面带桃花之色，可是红鸾星动了？"

舅舅："阿姊，你说生女孩好还是男孩好？"

某妻："……都挺好的。"

舅舅："女孩叫'攸宁'，男孩叫'既明'，阿姊觉得如何？"

某妻：“……甚好甚好。”

舅舅：“我也觉得极好。”

某妻：“……”

女娃：“小舅舅今夜于灯会之上遇到一个妙人儿，便似被勾了魂魄一般。”

某妻：“……原是如此。弟弟呀，人家姑娘正眼瞧你了吗，你便连你们娃娃的名字都想好了？”

舅舅：“阿姊当年初次见到姊夫，不也是连娃娃在哪个学堂念书都想好了吗？”

某妻：“我与你到底不同。”

舅舅：“有何不同？”

某妻：“我比你好看。”

舅舅：“……”

某妻：“那日你小舅舅于灯会之上遇到的姑娘姿容如何？”

女娃：“嗯……与阿娘差不多。”

某妻：“呀，天下竟还有这般标致的女子？怨不得你小舅舅整日牵肠挂肚失魂落魄的。”

女娃：“……阿娘，做人要谦逊。”

舅舅：“打了一整日的喷嚏了，不知道是不是伊人在思念我。”

女娃：“小舅舅，你别想太多了，你只是单纯着了风寒罢了。”

舅舅：“……”

某妻：“弟弟呀，我今日在集市瞧见你与一个姑娘在买柑橘。”

舅舅：“阿姊你看错了吧，我们买的是甜瓜。”

某妻：“……”

乱人心怀的美人？为夫不曾见过。
夫君当真？
嗯，毕竟娘子挡了为夫视线。

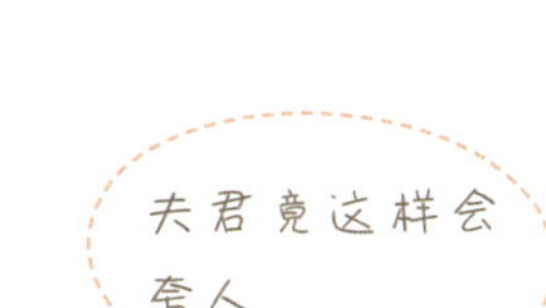
夫君竟这样会夸人。
是指为夫说娘子能做稻草人？
不是借箭吗？

老板，再多来两个！
娘子为何买这么多木瓜？
可以丰胸。

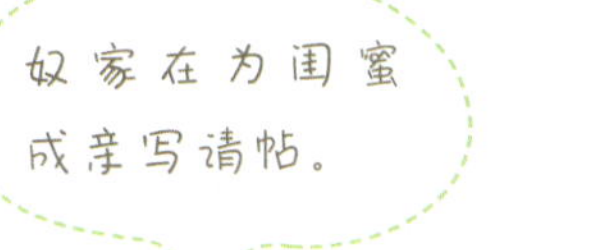
奴家在为闺蜜
成亲写请帖。

那为何娘子写
的是你与为夫
的名字？
呃，你猜……

卷五：
尾声·宠物篇

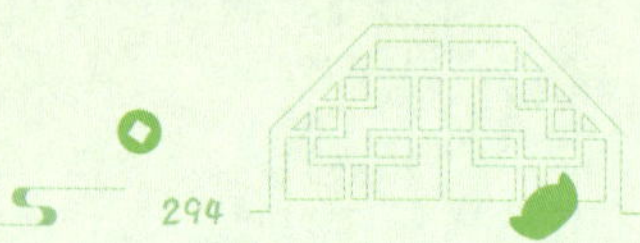

【第三十三章】最奇葩的阿猫阿狗饲养之路!

女娃:“嘿呀,好气呀!”

某妻:“大早上的,蛾眉倒蹙,凤眼圆睁,谁又惹你了?”

女娃:“阿娘你不晓得,孩儿方才起身便看到阿猫在撕咬孩儿的鞋子,阿娘你瞧,都咬破了。”

某妻:“那孩儿想想如何惩罚它吧!”

某妻:“……如何惩罚?孩儿又狠不下心来打骂它。”

某妻:“孩儿可将它今日的饭都吃了,让它饿上一日,且看它下次还敢不敢这般。”

女娃:“……”

阿猫:“汪呜……”

男娃:“阿猫,过来。”

某夫:“阿猫这是怎么了?无精打采垂头丧气的。”

女娃:“方才被阿娘训斥了,看这可怜巴巴的委屈小模样,真可怜。”

某夫:“阿猫,你须晓得自己的身份,你只是一只狗啊,有多大的胆子,竟敢跟老虎斗?”

阿猫:“汪呜……”

某妻:“……”

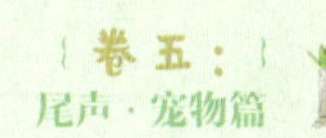

女娃："阿猫，我想与你谈谈咱们的关系。"

阿猫："汪？"

女娃："映雪一岁便当娘了，我刚好比你年长一岁，从此以后，你便唤我作阿娘吧。"

阿猫："……"

女娃："你不作声，我便当你同意了。"

阿猫："汪汪！"

女娃："不对，应该叫'阿娘'。"

阿猫："汪呜……"

女娃："阿猫，映雪当祖奶奶了，你晓得吧？"

阿猫："汪。"

女娃："我掐指一算，倘若你有崽子，也到了找媳妇儿的年纪了。"

阿猫："……汪。"

女娃："阿猫，你可有喜欢的犬姑娘？"

阿猫："汪……"

女娃："若是有，你告诉我，我帮你去提亲。"

阿猫："……"

女娃："你翻白眼是什么意思？身为你的母亲，你的终身大事，我自然是要替你操心操心的。"

阿猫："……汪呜。"

女娃："阿猫。"

阿猫："汪？"

女娃："我今日被夫子训斥，心里不痛快。"

阿猫："汪呜。"

女娃："我晓得你不会说宽言慰语。"

阿猫："呜……"

女娃："要不你给我唱首曲子吧。"

阿猫："……"

女娃："映雪，你瞧见阿猫了吗？"

映雪："喵呜。"

女娃："罢了，我自己去寻吧。"

映雪："……喵。"

出门便遇到邢老二。

女娃："邢二叔，你瞧见我家阿猫了吗？"

邢二："长啥模样的猫？"

女娃"不是，它是一只叫阿猫的狗。"

邢二："……"

女娃："阿猫，我教你念诗经吧，将你培养成一只腹有诗书气自华的狗。"

阿猫："汪！"

女娃："咱们先学《小雅·鹿鸣》吧。"

阿猫："汪。"

女娃："呦呦鹿鸣，食野之苹。"

阿猫："汪汪……"

女娃："不对，是'呦呦'。"

阿猫："……汪汪。"

女娃："罢了，你大约不是块读书的材料。"

阿猫："……"

女娃："阿猫，咱们去抓鱼吧。"

阿猫："……"

女娃："好阿猫，去嘛去嘛。"

阿猫："汪……"

女娃："早间映雪与我说它想吃鱼。"

阿猫："汪呜……"

女娃："好吧，是我想吃。"

阿猫："汪。"

女娃："阿猫你慢点跑，等等我，我去拿鱼篓。"

女娃："哥哥，可否给我些银子？"

男娃："你要来作甚？"

女娃："阿猫说它想吃糖葫芦。"

阿猫："？？？"

男娃："……"

女娃："阿猫，我会变法术，你信不信？"

阿猫："汪汪。"

女娃："我能让你忘记自己是一只猫，然后让你以为自己是一只狗。"

阿猫："汪汪汪？"

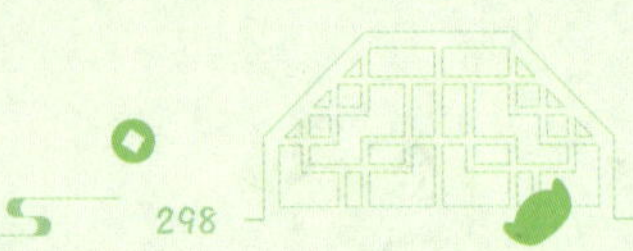

女娃：“我是不是很厉害？”

阿猫：“……”

女娃：“阿猫，我早间闯了祸，阿娘不给我饭吃，你能不能……”

女娃未说完，阿猫已将盛满饭菜的狗盆推至女娃面前。

阿猫：“汪汪。”

女娃：“……阿猫，我不是要与你分吃食的。”

阿猫：“汪汪汪？”

女娃：“我想让你去河里给我抓条鱼。”

阿猫：“……汪。”

女娃：“阿猫，我又想吃糖葫芦了。”

阿猫：“汪汪汪。”

女娃：“你也想吃是吧？”

阿猫：“汪！”

女娃：“那你给我银子，我去买。”

阿猫：“……”

某妻半躺于藤椅上，目光一瞬不瞬地看着卧在一旁的阿猫。

女娃：“阿娘为何看阿猫看得这般出神？”

某妻：“阿娘觉得有些饿了……”

女娃：“阿猫快跑，阿娘想吃你了。”

某妻：“……”